D1882092

कहानी–संग्रह

सुनहरी उँगलियाँ

सुनहरी उँगलियाँ

नासिरा शर्मा

लोकभारती प्रकाशन

लोकभारती प्रकाशन
पहली मंजिल, दरबारी बिल्डिंग, महात्मा गांधी मार्ग
प्रयागराज-211 001

वेबसाइट : www.lokbhartiprakashan.com
ईमेल : info@lokbhartiprakashan.com

शाखाएँ : 1-बी, नेताजी सुभाष मार्ग, दरियागंज
नई दिल्ली-110 002
अशोक राजपथ, साइंस कॉलेज के सामने
पटना-800 006
1, अनमोल सोराबजी संतुक लेन, धोबी तलाव,
मरीन लाइंस, मुम्बई-400 002

पहला संस्करण : 2023

मूल्य : ₹495

© नासिरा शर्मा

विकास कंप्यूटर एंड प्रिंटर्स
ट्रॉनिका सिटी-201 102
द्वारा मुद्रित

SUNAHARI UNGALIYAN
Stories by Nasera Sharma

ISBN : 978-81-19133-49-9

मेहनतकशों के नाम

क्रम

अपनी बात

इनसान ने ज़िन्दगी की शुरुआत किस तरह की और समय की गति उसे कहाँ तक ले आई। कंदमूल खाने और पत्तों से तन ढकने वाले आज रोज़ नए-नए व्यंजन, फ़ैशन और इमारत बनाने लगे हैं। नए आविष्कार, मेडिसिन की सहूलियतें इत्यादि। इनसान की एजाद की चीज़ें धीरे-धीरे उसके सौन्दर्यबोध को निखारने लगीं जिनमें दस्तकारी ने भी तरह-तरह के जलवे दिखाए और तकनीशियनों ने भी कमाल दिखाया। इस तरह अतीत की सारी उपलब्धियाँ कभी खँडहरों में तो कभी किताबों में हमें देखने को मिलीं। हमारे शानदार अतीत की सुन्दर व भव्य निशानियों से सजी हमारी यह दुनिया हमें प्रेरणा देती है कि जीवन बहता है और इनसान आता और चला जाता है।

पीछे मुड़कर जब यादों की पगडंडी पकड़ती हूँ तो महसूस होता है कि अतीत ही नहीं वर्तमान भी कभी-कभी अतीत हो जाता है बतौर मिसाल मेरी यादों में बहुत सी बन्द फ़ैक्टरियों, मिलों और कारख़ानों का सूनापन उभरता है और उसके द्वारा बनाई चीज़ों को याद करते हमारे माँ-बाप और आज मैं भी पुराने कपड़ों को जब बक्स से निकालकर देखती हूँ तो सुई और धागे का हुनर आँखें चौंधिया देता है। यह भूमिका मैंने इसलिए बाँधी कि इन कहानियों में मेरी वह यादें हैं जो किरदारों

द्वारा आज की उनकी स्थिति बताती हैं जिनकी जगहें अब ठहर जाने वाली हैं और उनकी जगह कुछ और चलन में आ जाएगा। पीढ़ियाँ आती हैं और चली जाती हैं। उनके द्वारा बनाई, सजाई चीज़ों की जिन्हें आदत पड़ जाती है वह सब उनकी यादों का बखान करते हैं। उनकी महिमा और गुणों की प्रशंसा करते हैं।

मेरे इस संग्रह की ज़्यादातर कहानियाँ 2022-23 में लिखी गई हैं। चार-पाँच कहानियाँ 2003-04 में लिखी होंगी जो इनसान रिश्तों पर हैं मगर वह भी मेहनतकश लोगों पर केन्द्रित हैं। आप मेरी ख़ुशी का अन्दाज़ा नहीं लगा सकते हैं कि 20 साल बाद मेरा कहानी-संग्रह 'सुनहरी उँगलियाँ' आ रहा है। इनसानी उँगलियों की क्या अहमियत है यह हम सब जानते हैं। मेरा पसन्दीदा विषय हाथ से निकला करिश्मा है जो हिन्दुस्तान में भरा पड़ा है। क्या देखें, क्या पसन्द करें, क्या ख़रीदें क्या पहनें! कभी-कभी मैं बहुत परेशान भी हो जाती हूँ कि भारतीयों की इस कलात्मक उपलब्धियों से कि इस अन्तहीन ख़ज़ाने को कैसे सँभाला जाए।

यह कहानियाँ इनसानी ज़िन्दगी और कलाकार की बेचैनियों और परेशानियों को बहुत सादगी से कहती हैं। आशा करती हूँ मेरे पाठकों को निराश नहीं करेंगी!

—नासिरा शर्मा

सुनहरी उँगलियाँ

आँचल के बीज

वह मालन नहीं धोबन थी मगर गूँथती थी वह गेंदे की फूल-मालाएँ इसलिए इस नई गली में उसे कोई सूरज की माँ नहीं कहता था बल्कि सात नम्बर वाली मालन के नाम से वह आस-पास की गलियों में जानी जाती थी। दिल्ली आकर कौन अपना पेशा बदले या नाम, किसी को क्या फ़र्क़ पड़ता है। राजधानी में सब कमाने आए हैं जो भी काम मिले, चार पैसे हाथ में आएँ वह उसे करने लगते थे। मन्दिरों का यहाँ दूर-दूर तक पता नहीं था मगर मोहल्ले की चार-पाँच औरतें मालाएँ बनाती थीं। मालाएँ कहाँ जाती हैं उन्हें इससे कुछ लेना-देना नहीं था। सुबह-सुबह कैलाश नाम का आदमी फूलों से भरा बड़ा-सा बोरा थमा जाता था और शाम को बनी मालाएँ गिनकर वापस ले जाता था। शाम की सब्ज़ी, दूध का ख़र्चा आराम से निकल आता था। मोहल्ला गन्दा था। नालियाँ आवारा सी बहती रहती थीं और कूड़े के छोटे-बड़े टीले मौजूद थे जिसकी सड़ाँध से भभका उठता रहता था। महीने-दो महीने में उसमें आग लगा दी जाती और धुआँ हवा के साथ इधर-उधर डोलता जिससे मच्छर मर जाते थे। शुरू में कंचन को उबकाई आती थी मुँह खोलते डर लगता था कि कहीं बदबू उसके हलक़ में न जा फँसे मगर जब से गेंदे का फूल गूँथने लगी है उसे अपनी आँखों में तरावट सी महसूस होती और नाक के नथुने उसकी गन्ध से भरे रहते। उसके मुरझाए चेहरे पर रौनक सी आ गई थी। सूरज का बाप थ्री-व्हीलर चलाता था। सुबह से शाम तक घर के बाहर ही रहता था। जब

घर लौटता तो थकन से चूर होता। छोटे से देहात से आने वाले लोगों को दिल्ली की दूरियाँ मार डालती हैं और कठिनाइयाँ, मिट्टी के मकान और खुली ताज़ा हवा की याद दिलाती हैं।

परसों कोई गाँव से आया था अपने साथ कोहड़ा और लौकी के बीज भी लाया था। जिसे कंचन की सास ने भिजवाया था। बीज की पुड़िया थामते हुए उसकी आँखें भर आई थीं। अपने घर के छप्पर पर फैली दोनों बेलें कोहड़ा और लौकी से अटी होतीं। यहाँ न बोने की जगह है फिर बेल फैलेगी कहाँ, यह सोचती हुई कंचन ने पुड़िया साड़ी के आँचल के कोने में बाँध लिया।

"यहाँ तो तुम दोनों का ठिकाना नहीं है फिर सूरज...?" आने वाले ने उनकी तंग अँधेरी कोठरी देखते हुए कहा और दिल ही दिल में सोचा कि मैं क्या सोचकर आया था कि हफ्ता भर रहकर दिल्ली घूमूँगा मगर...।

"चलो खाना खाकर आते हैं।" इतना कहकर कंचन का पति भीम उसे लेकर कबूतर के काबुक से निकला। भूख लगी थी। खाना भी स्वादिष्ट था उसने भरपेट खाया फिर भीम से बोला, "माँ की तबीयत सुस्त है भैया वापस जाना पड़ेगा। बस दादी का दबाव था कि आप की ख़ैर-ख़बर ले आऊँ और सामान भी लेता जाऊँ।

"हूँ...भीम ने कुछ सोचते हुए कहा फिर चेहरे पर घिर आई उदासी को झटककर बोला, अगर ऐसी बात है तो मैं रोकूँगा नहीं।"

"दीवाली पर तो आइएगा न?"

"हाँ, हाँ, दीवाली तो घर पर ही मनाएँगे! सुनो, ध्यान रहे अम्माँ से कुछ न कहना। अभी तो हम आए हैं साल भी पूरा नहीं हुआ है बसते-बसते देर लगेगी। यहाँ किराया बहुत महँगा है...ऊपर वाले ने चाहा तो सब ठीक हो जाएगा। अम्माँ को यह पाँच सौ रुपया दे देना। यह कमाई भी गाढ़े ख़ून-पसीने की है।" इतना कहकर उसने गाँव से आए पड़ोसी के बेटे की पीठ थपकी और उसे पचास का नोट थमाते हुए बोला, "यह रखो, रास्ते में ठंडा पी लेना।"

बस में उसे सवार कर जब भीम लौटा तो कंचन की आँखों को सूजी पाया। शायद रोई है। वह कुछ बोला नहीं पास जाकर बैठ गया। उसे पता था कि सूरज के लिए कुछ नहीं भेज पाई थी। दो-तीन दिन से कैलाश भी नहीं आया था। हाथ तंग था।

ऊपर से यह भी अचानक आया। आज सवारी भी बहुत पास-पास की मिलीं। किसी-किसी दिन कमाई अच्छी होती है और कभी-कभी बस गाड़ी का किराया निकल पाता है। आज जो कमाया था वह आठ सौ रुपए उसी में से माँ को भेज दिया। माँ सब कुछ समझ लेंगी। वह सोचते-सोचते लेट गया और उसकी आँखें झपक गईं।

दूसरे दिन कंचन ने भीम से कहा, "मैं सारे दिन बेकार बैठी रहती हूँ अगर कहो तो सामने वाले घरों में कुछ काम ढूँढ़ लूँ। इधर से कई औरतें सड़क पार जाती हैं!"

यह सुनकर भीम के चेहरे का रंग फीका पड़ गया। आहत हो बोला, "नहीं, अभी ठहरो। मैं ही कोई और काम ढूँढ़ता हूँ। दिल्ली के रास्ते पता नहीं हैं और जिसके कारण सवारियाँ भी झुँझला उठती हैं।"

"देख लो, इस कोठरी का किराया भी देना होगा, जिसे वह मकान मालिक कमरा कहता है। हमारे ग़ल्ले की कोठरी भी इससे चौगुनी थी। कैलाश शायद बीमार है या फिर वह कहीं और लग गया है।"

"क्या पता, इस शहर को इतनी जल्दी जानना और लोगों को समझना कठिन है।" भीम यह कह बाल्टी उठा चांपाकल की तरफ़ चला गया।

कंचन ने स्टोव पर तवा रखा और रोटी सेंकने लगी और मन ही मन उसने तय कर लिया कि वह भीम के जाने के बाद काम ढूँढ़ने निकलेगी। भीम को पता भी नहीं चलेगा और मेरा भी दिल बहला रहेगा।

भीम भी मन ही मन सोच रहा था कि गाँव में कपड़ा धोने के अलावा थोड़ी बहुत खेती कर ली। इन दो कामों के अलावा हमें आता भी क्या है? जब से तरह-तरह के साबुन आये सब अपने से कपड़ा धोने लगे। तीन-चार ठाकुरों और ब्राह्मणों के घर से ही लादी मिलती थी वह भी बच्चों के शहर में पढ़ने की वजह से कपड़े गिनती में कम हो गए। यहाँ धोबी घाट कहाँ है और..."

"सुनो! मैं आज पड़ोसन के साथ बाज़ार जाऊँगी। उसको शादी में जाना है तो कपड़े ख़रीदेगी!"

"ठीक है जाओ!" भीम ने खाना खत्म किया और हाथ धोकर बाहर निकला। कंचन ने जल्दी-जल्दी काम समेटा और साड़ी बदल, बालों को ठीक कर उसने

कोठरी में ताला लगाया और सड़क की तरफ़ चल पड़ी। सड़क पार कर जैसे ही आगे बढ़ी तो उसे बिमला नज़र आई। वह भी कंचन को देखकर चौंक पड़ी "कैसे इधर आई?"

"काम करना चाह रही हूँ अकेले घर में दिल नहीं लगता है।" कंचन ने झिझकते हुए कहा।

"चलो मेरे साथ, जहाँ मैं काम करती हूँ वहाँ उनकी कपड़ा धोने वाली छुट्टी गई है। तुम चाहो तो पकड़ लो। वैसे तो उनके यहाँ मशीन भी है मगर माँ जी अपने कपड़े हाथ से धुलवाती हैं?

"ठीक है।" संकोच से बोली कंचन।

"यहाँ का रेट तय है।" कहती हुई कमला सामने वाले घर की तरफ़ बढ़ी और घंटी बजाई।

मालकिन से बातचीत हो गई। कंचन ने काम पकड़ लिया। साफ़-सुथरा चमचमाता घर देखकर उसकी आँखें चौंधिया गईं। जो कपड़े मशीन से निकले थे उसे झटककर फैलाने में जो ख़ुशबू उसे आई तो वह हैरत में पड़ गई। जो कपड़े उसे धोने के लिए मिले वह इतने उजले थे कि उसे समझ में नहीं आया कि कहीं ग़लती से धुले कपड़े तो उसे फिर से धोने के लिए तो नहीं दे दिए गए हैं? उसने कपड़े धोकर बड़े सलीके से फैलाए। घर लौटकर उसकी ख़ुशी का ठिकाना न था। अगर इसी तरह उसने तीन चार घर पकड़ लिये तो वह ठीक-ठाक कमरा किराए पर ले सकती है। उसने बड़े मन से बिस्तर झाड़ा और कुछ बढ़िया पकाने का मन बनाया मगर घर में ऐसा कोई सामान नहीं था जिससे वह स्वादिष्ट व्यंजन बना सकती सो दिल मसोसकर रह गई।

कई मौसम बीत गए। भीम और कंचन के पैर सख़्त मेहनत के बाद राजधानी की धरती पर जमने लगे थे। इस बीच उन्हें किसी के सर्वेंट क्वाटर में रहने की जगह भी मिल गई जिससे कुछ पैसे बचने लगे मगर उन अफसर का ट्रांसफर हुआ तो उन्हें वह क्वाटर छोड़ना पड़ा और उन्हें कमरा ढूँढ़ना पड़ा। कमरा मिला बाथरूम और पानी-बिजली के साथ मगर उनके बजट में खींचतान के साथ काम चल सकता था। बस एक घर और पकड़ने की बात थी। भीम को भी एक दुकान पर काम

मिल गया था। खाना-पीना भी ठीक हो गया था और गाँव भी पैसा जाने लगा था।

"अब सूरज को बुला लेते हैं।" एक दिन कंचन ने कहा।

"मन तो मेरा भी करता है, याद भी बहुत आती है मगर हम उसको अकेला छोड़कर काम पर कैसे जाएँगे?" भीम की बात सुनकर कंचन उदास हो गई बिना बेटे के वह दो साल से रह रही थी। होली, दीवाली गाँव गई भी तो बेटा अपनी दादी से इतना हिल चुका था कि वह कंचन की तरफ़ देखता भी न था। जब तक कंचन उसे दुलार से अपने क़रीब लाने की कोशिश करती तब तक उनके लौटने का दिन आ जाता था। मोहल्ले के बच्चों को स्कूल जाते देख उसका दिल तड़प उठता कि सूरज भी इसी तरह यूनिफार्म पहनकर स्कूल जाता। इस बार जब वह गाँव गई थी तो देखा धोबी घाट सूना पड़ा था। सब जवान धोबी पेट पालने के चलते इधर-उधर चले गए। बुर्जुग धोबी भी अलसाए से बैठे बीड़ी पीते रहते आखिर लोग कपड़े दें तो काम करें वरना चार कपड़े के लिए घाट जाने का कोई मतलब नहीं है। साबुन, मसाला सभी कुछ महँगा ऊपर से पानी की कमी।

गाँव उजड़ रहे थे और कस्बे व छोटे शहरों के साथ राजधानी भी भीड़ से उबलने लगी थी। लेकिन कमाने की सुविधा तो शहरों में ही है। यही सब कंचन और भीम सोचते और मेहनत में जुटे रहते थे कि एक दिन उनका भी भाग्य खुलेगा।

उनके कमरे के सामने थोड़ी सी कच्ची ज़मीन थी बाक़ी जीरा-बजरी से बनी खुरदरी सी गली थी जिसमें चलने के कारण कहीं-कहीं गली टूट और उखड़ चुकी थी जिसमें बरसात का पानी भर जाता था। चलने में बड़ा कष्ट होता मगर नर्क का रास्ता तो इससे कठिन होगा। यह सोचकर सब सब्र कर लेते थे।

एक दिन जाने कैसे गाँव से आई बीजों की पुड़िया कंचन के हाथ लगी। इसमें क्या है यह सोचकर उसने पुड़िया खोली तो उसमें बीज उसे ताक रहे थे। उसकी आँख डबडबा गई यह सोचकर कि यह उसी लौकी और कोंहड़े के बीज हैं जिनकी मज़ेदार सब्ज़ी सैकड़ों बार बनाई है और खाई भी है। वह पुड़िया लेकर घर की चौखट पर खड़ी हो गई। नीचे ग़ौर से देखा फिर ऊपर ताका वहाँ छोटा सा छज्जा भर था उसके बाद खुली छत थी। वह अन्दर गई। रसोई से चाकू लिया और बाहर निकलकर उसने बीज के लिए थाल बनाया। उसके कंकड़ निकाले और पानी

डाला। सूखी मिट्टी पानी पीकर नर्म पड़ी और रंग बदल बैठी। उसने प्यार से देखा और मन ही मन बोली, बीज भिगोती हूँ, दो-तीन दिन बाद बो दूँगी तब तक पानी भी अन्दर सूखेपन को धीरे-धीरे ख़त्म कर देगा।

भीगे बीजों ने जैसे ही अंकुर फोड़े कंचन ने फ़ौरन उसे मिट्टी के हवाले कर दिया। हफ़्ता भी नहीं गुज़रा था कि नन्हे से थाले में हरियाली झाँकने लगी। धूप भी उनकी फुनगी पर जाने किस कोने से निकलकर चमकती थी। देखते-देखते दोनों बेलें लपलपाती बलखाती हुई दोनों तरफ़ की दीवार पर बँधी डोर पर लिपटने लगीं और देखते-देखते छज्जे पर छा गईं, फिर खुली छोटी-सी छत पर फैल गईं। हरे पत्तों के बीच से पीले बड़े-बड़े फूल खिलने लगे। कंचन और भीम उन दोनों लतरी को देखकर ख़ुश होते। एक दिन कंचन ने वह फूल तोड़े जो बिना फल वाले थे, उसको बेसन में डाल उसने पकौड़ी तली। इतने दिनों की तरसी जिह्वा तृप्त हो उठी।

एक दिन अचानक छोटी-छोटी लौकियाँ और कोंहड़े हरे पत्तों के बीच से झाँकने लगे। कंचन हर दूसरे-तीसरे दिन कोंहड़े के पत्तों और आलू की सब्ज़ी बनाती और दोनों बहुत शौक़ से खाते। कंचन जब काम से लौटती तो अपने कमरे के दरवाजे को हरे पत्तों से सजा देखकर मुस्करा उठती थी। इस बेल ने उसकी गाँव की यादों में कमी ला दी थी। इस बीच माँ भी सूरज के साथ दिल्ली का चक्कर लगा गई। वह बेटे बहू से बोली तो कुछ नहीं मगर चार दिन में ही वह वापस लौटने की सोचने लगी। चुहिया के बिल की तरह इस कमरे में रहना उन्हें कठिन सा लगा, जहाँ न धूप आती है और न हवा ही फर-फर चलती है। बेटे ने बहुत रोका मगर वह रुकी नहीं अगर रुकती और दिल्ली घूमने के बहाने कुछ जगहें देख लेती तो और कुढ़ती कि आदमी के खुली हवा में साँस लेने तक की जगह नहीं और यहाँ मीलों तक खुली जगहें ख़ाली पड़ी हैं बहरहाल वह बेहद भारी मन से गाँव लौटी इस हूक के साथ कि बेटे-बहू कैसे कष्ट भरे जीवन को जीकर नाम भर का कमा रहे हैं फिर ख़ुद ही ख़ुद को दिलासा देती कि कुछ भी हो हाथ पर हाथ धरे बैठे तो नहीं हैं कमा-खा रहे हैं और हमें भी भेज देते हैं वरना तो नोटों को हम कभी छू ही न पाते।

शहर में रहते हुए अभी ज़्यादा समय नहीं गुज़रा था मगर संघर्ष भरी ज़िन्दगी ने

उन्हें जीना और ज़्यादा पाने की ललक बढ़ा दी थी। आदमी को दौड़ता वह देख रहे थे। उनके अन्दर का संतोष रूखी-सूखी और ठंडे पानी तक सीमित न रहकर अनेक तरह के प्रलोभन में फँसने के लिए उछल-कूद मचा रहा था। ऐसे ही दिनों में जब सब्ज़ी की लतरों ने चितकबरी दीवारों के बीच हरियाली मचा रखी थी तो एक दिन काम से लौटते हुए कंचन को भीड़ सी अपने कमरे के सामने दिखी तो उसने चाल तेज़ कर दी और धुक-धुक करते दिल के साथ पहुँची। वह चन्द लोग ऊपर इशारा करके कुछ बातें कर रहे थे। कंचन कुछ समझी कुछ नहीं समझी तो दरवाज़े का ताला खोलते हुए पूछ बैठी, "क्या बात है चाचा?"

"ऊपर कमरे बनने हैं और काम शुरू होने वाला है।" ठेकेदार जैसा दीखने वाला अधेड़ उम्र का आदमी बोल पड़ा। उसके मुँह से यह बात सुनते ही कंचन के चाभी घुमाते हुए हाथ बीच में रुक गए।

"क्या?" कंचन ने एक घबराई सी नज़र ठेकेदार और मज़दूर पर डाल, घनी लतरों पर टिका दी जहाँ आठ-दस छोटे-छोटे कोंहड़े और अनगिनत नन्ही-नन्ही लौकियाँ लटक रही थीं।

"ठीक है तब सोमवार से काम लगाते हैं।" कहते हुए वह पाँचों आपस में बातें करते हुए चले गए। कंचन ने ताला खोला और कमरे में जा उसने साड़ी बदल नाइटी पहनी और काम में जुट गई। दिल ही दिल में उसने हिसाब लगाया कि अभी छह दिन बाक़ी हैं तब तक इनके आकार बढ़ जाएँगे। भले ही ऊपर से फैली लतर काट ही जाए मगर फिर वह नीचे से बढ़ ही जाएगी। इस तर्क ने उसे बचा लिया और दिल का बोझ उतर गया। उसने एक और नया काम पकड़ा था। उसे कल घर जल्दी छोड़ना था। वह इस बात से ख़ुश थी कि वह अपने पेशे से जुड़ी है और गंदे कपड़े उजले बना देती है और कभी-कभी कोयले की नहीं बिजली के प्रेस से कपड़े इस्त्री कर मालिकों को ख़ुश करके इनाम भी पा जाती है। उसके हाथ तेज़ी से काम निपटा रहे थे और दिमाग़ कमाए रुपयों की फड़फड़ाहट में, वह मन ही मन ख़ुश हो रही थी। दो दिन बाद भीम को अपने साहब के साथ दिल्ली से बाहर जाना था। पास में गाँव था, वह एक रात उधर रुककर लौटने वाला था। इसलिए वह सूरज को भेजने के लिए कुछ सोचने लगी।

बेटे से मोबाइल पर बात करती हुई कंचन घर लौट रही थी जिसे यहाँ सब क्वाटर कहते हैं। जब वह अपनी गली की तरफ़ मुड़ी तो धक् सी रह गई। उसके दरवाज़े पर झूलती पीले फूलों की लतर जड़ से ग़ायब थी। वह कुछ देर अकबकाई सी खड़ी रही जैसे कोई डरावना सपना देख रही हो। फिर घबराकर इधर-उधर ताका कि कहीं ग़लत गली में तो नहीं मुड़ गई है? दरवाज़ा तो वही है जिस पर हल्दी के छापे उभरे हैं और ताला भी उसका अपना है। धड़कते दिल से आगे बढ़ी और शंकित हो मोरंग के ढेर को देखने लगी कि कहीं बेल इसके नीचे तो नहीं दब गई? लेकिन ऊपर फैली बेल कहाँ गई, उस पर लगी छोटी लौकियाँ और कोंहड़े कहाँ गए?

वह चीख़ना चाहती थी मगर गले में आवाज़ फँसकर रह गई। भीम भी दो दिन बाद लौटने वाला था। उसने अपने को भरे-पूरे मोहल्ले में बिलकुल अकेला पाया। वह भारी क़दमों से वापस लौटने लगी। उसकी चौकन्नी आँखें इधर-उधर खोज-बीन में लगी थी। चेहरे से परेशानी टपक रही थी।

"कुछ हिराए गवा है का? सामने से जाती दो औरतों में से एक ने पूछा, "वह लतर कोंहड़े की..." इतना कह चुप हो गई।

"हम समझे बकरी हिराय गई है।" दोनों खिलखिलाकर हँस पड़ीं तो जाने क्यों कंचन के माथे पर बल पड़ गए। उसने घूरकर औरतों को देखा तो उनमें से एक बोल पड़ी, "बुरा न मानो आगे वाली गली में जाकर देखो, बकरी के लिए हरियाली उधर ही घसीट ले जाते हैं।"

"अच्छा!" उसने कह तो दिया मगर दोचित्ते में पड़ गई...।

"उधर जाए या न जाए...जाकर भी क्या होगा?"

कुछ पल यूँ ही खड़ी रही फिर पता नहीं कैसे उसके पैर उस गली की तरफ़ मुड़ गए। गली आगे जाकर और तंग हो गई थी। दोनों तरफ़ छोटे दरवाज़ों के घर थे। उसकी अपनी गली से बुरी हालत में यह गली थी। मटमैला अँधेरा और घुटन के साथ एक तरफ़ काले पानी की बड़ी सी नाली थी जिसमें दूसरे तरफ़ के घरों से निकली नालियाँ गली के बीच से होकर गुज़र रही थीं। कंचन को लगा जैसे इक्कट-दुक्कट खेलने के लिए बने हों। उसने साड़ी ऊँची उठाई और गन्दगी से बच-बचाकर आगे बढ़ी। लतर के चक्कर में यह मैं कहाँ आन फँसी। रुआँसी सी

कंचन मन ही मन कह उठी। उसकी समझ में आ गया था कि उन औरतों ने उससे ठिठोली की है। शायद यही शहर की रीत हो।

राजधानी आकर पैसा कमाने का जोश और ख़ुशी आज दम तोड़ गई। यहाँ जो कमाओ, वह महँगाई खा जाती है। भारी मन से वह रास्ता पूछती हुई क्वार्टर की तरफ़ लौट रही थी तभी उसके पैरों में कुछ फँसा तो उसने पैर झटका और चप्पल के बीच फँसी चीज़ को निकालने झुकी, वह बिना पत्तियों की पतली सी टहनी थी। कुछ आगे बढ़ी तो कुछ हरा-हरा रस्सी की तरह उलझा सा घूरे पर पड़ा दिखा, जिससे कुत्ते के पिल्ले खेल रहे थे। वह ठिठककर खड़ी हो गई यह हमार बेल तो नहीं है...का पता? हमार होत तो ओमा पत्ता और फूल होत? नहीं, नहीं! उसने सर झटका। अभी दो क़दम आगे ही गई होगी कि उसे लगा कि एक बार पास जाकर देख ले। लाल कपड़े में जो हींग की नन्ही सी पोटली बाँधी थी कि सब्ज़ी हरहरा के निकले वह ज़रूर बँधी होगी।

वह बड़े कुत्तों से डरती पास पहुँची और झुककर टूटी बेलों की काया के टुकड़े उठाने लगी। दिल अचानक धक् से रह गया। लाल कपड़े की हींग की पोटली वहाँ मौजूद थी जिसे देखकर उसके मुँह से निकला "हाय दइया!"

कंचन ने घबराई नज़रों से इधर-उधर देखा फिर लम्बी गहरी साँस खींची। आगे का रास्ता चौड़ा था जहाँ पर ईंट जोड़कर कुछ लोग खाना पका रहे थे, कुछ बैठे आटा सान रहे थे। पास पहुँची तो देखा। कोंहड़े के पत्ते काटे जा रहे हैं, सभी साग, आलू की सब्ज़ी बना रहे हैं। उसका माथा ठनका और पूछ बैठी, "का पकावत हो भैया?"

"पूछो न, आज साल भर बाद कोंहड़ा की पत्ती मिली है।"

"कहाँ मिली?" कंचन का माथा गर्म हो गया था।

"रास्ते में पड़ी रही लावारिस, हम घसीट लाए। पत्ते बचे हैं लेना है तो ले लो।"

"यह हमारी बेल रही, कैसे जतन से बड़ा किये रहे...। कुछ पता है? जो ओका काट-कूट के छौंक रहे हो?" कंचन की आवाज़ में एक साथ ग़ुस्से और ग़म की थरथराहट थी जिसे सुनकर नमक के साथ कच्चे कोंहड़ा व उँगली बराबर लौकी को चबाते हुए किशोर रुक गए और बर्तन आगे बढ़ाते हुए बोले, "तो ले जाओ।"

"का ले जाएँ? सब तो उजाड़ दियो...हमार लतर भरी रही पत्ती व फूलन से, फल पूरा मोहल्ला खाता।"

कंचन की तेज़ आवाज़ में विलाप की ध्वनि थी। सबके चेहरे लटक से गए। उनकी आँखों में हैरत ज़रूर थी जैसे पूछ रहे हों, यहाँ पर कहाँ बोये रहीं, जबकि यहाँ तो सर छुपाए को जगह नहीं है।

कंचन अपने गालों पर बहे आँसुओं को पोंछती हुई आगे बढ़ी। उसका मन फड़फड़ा रहा था कि कैसे वह पंक्षी बन गाँव उड़ जाए। उसकी आँखों में अपने देखे सपने की टूटन चुभती सी महसूस हो रही थी और मन बेबसी से छटपटा रहा था जैसे कह रहा हो, न वहाँ चैन रहा न यहाँ?

सुनहरी उँगलियाँ

दिन आटे के कनस्तर की तरह ख़ाली था। नग़मा की आँखों में वीरानी पसरी पड़ी थी और किचन सूना पड़ा था। सुबह से निकले शाहिद अभी तक लौटे नहीं थे। पास लेटी चार साल की बेटी बेख़बर सो रही थी। उठते ही कुछ खाने को माँगेगी, उसे भी शाम तक रोज़ा खोलना होगा। सुबह सहरी के वक़्त दोनों ने ख़जूर के साथ पानी पीकर चौदह शाबान के रोज़े की नियत बाँधी थी। अगर पिछली बार की तरह शाहिद फिर ख़ाली हाथ झुलाते हुए घर वापस आये तो वह शबरात मना नहीं पाएगी। परेशान सी नग़मा बिस्तर से उठी और पास पड़ा बक्सा खोलकर कुछ तलाश करने लगी। कोई दबा नोट, कोई रेज़गारी का बटुआ या फिर कोई ज़ेवर!

"सारे ज़ेवर तो बेच डाले, न उँगली में छल्ला है और न गले में जंज़ीर, सोना, चाँदी ज़रूरत के साथ बिकता रहा। भारी और हल्के ज़ेवर सबके सब दो साल के अन्दर उड़न छू हो गए।" नग़मा ने निराशा से बक्सा बन्द किया और कपड़े से ढकी चमड़े की अटैची खोली। उसमें लचके गोटे लगे उसको कुछ कपड़े, एक दो शालें, स्वेटर शाहिद की बंडी और बेबी कोट था। अटैची बन्द करती हुई वह बड़बड़ाई 'क्या करूँ, कहाँ से लाऊँ?'

दोपहर ढलने को आई तो वह पहले से ज़्यादा बेचैन हो उठी। तभी दरवाज़े पर थाप हुई तो वह बड़ी उम्मीद से सूखे होंठों से मुस्कुराती आगे बढ़ी। दरवाज़ा खोला तो सामने मकान मालिक खड़ा था।

"शाहिद घर पर नहीं है।" उसने अचानक आए खुर्राट चेहरे को देख, सहमकर कहा।

"दो माह का किराया चढ़ चुका है याद दिला देना।" उसका तीखा लहजा गूँजा।

"जी!" टूटी सी नग़मा बमुश्किल कह पाई। अपमान से उसका बदन झुलस उठा। उसे इस तरह के तकाज़ों की आदत न थी न ही किसी की लाल-पीली घूरती आँखों की तरह, यह सब झेलना भी उसके लिए असहनीय था। वह टूटी सी दरवाज़ा भेड़कर कमरे में जाकर लेट गई। यह कमरा इतना बड़ा था जैसा उसके घर में चूल्हा जलाने के लिए चैले रखने की कोठरी थी। उसकी आँखों में पूरा घर तैर गया और पन्द्रह शाबान की तैयारियाँ। जाने कब उसकी आँखें बेटी को पंखा झलते-झलते झपक गईं।

भिड़े दरवाज़े को धक्का देकर शाहिद घर में घुसा। उसने हाथ में थामा बैग तख़्त पर रखा और कमरे में घुसा। नग़मा और बेटी को सोता देखकर वापस लौटा और बाल्टी में भरे पानी से उसने मुँह-हाथ धोया। खटपट से नग़मा की आँख खुल गई और वह बाहर निकली मियाँ को देखकर हैरत में पड़ गई, "आप? घर में कैसे घुसे?"

"नई जगह है, दरवाज़ा खुला छोड़कर बेख़बर सो गई?" इतना कह उसने काग़ज़ का लिफ़ाफ़ा नग़मा को देते हुए कहा, "सँभालो! पूरा हिसाब बेबाक़ कर दिया।"

"पूरा पेमेंट?" नग़मा ने हँसकर पूछा।

"पूरा पेमेंट! वह भी हँस पड़ा। हमारी सारी परेशानी कुछ दिनों के लिए हल हो जाएगी। आगे का अल्लाह मालिक है।"

"अच्छा, मैं कह रही थी कि आप..."

"समझ गया, मैं अफ़तार के लिए जाकर कुछ लाता हूँ।" इतना कहकर वह उठा और जाते-जाते बोला, "कुंडी लगा लो, मालदार हो गई हो।"

दोनों ने रोज़ा खोला। कई वक़्तों के बाद ठीक से कुछ पेट में पहुँचा था। शाहिद देनदारों के हिसाब देखने लगा। कल सुबह उसे ढेरों काम निपटाने होंगे। उसे हिसाब करता देख नग़मा ने कहा, "मकान मालिक आया था!"

"हाँ भई, तकाज़ेदार तो आएँगे ही सबके अपने-अपने ख़र्चे हैं।"

"अब सो जाइए, सुबह से दौड़ रहे हैं।"

"हाँ, थक तो बहुत गया था मगर जैसे ही पेमेंट हाथ में आया, सारी थकान ग़ायब!" दोनों की हँसने की मद्धिम आवाज़ उभरी।

"मगर अब थकान महसूस हो रही है, जोड़-जोड़ दुख रहा है।" लेटते हुए शाहिद ने कहा।

सुबह चाय-बिस्कुट खाकर शाहिद बहुत इत्मीनान से कारख़ाने की तरफ़ बढ़े। उन्हें एक ऑर्डर और मिला था। उसे भी शाखा में बाँटना था। कभी उसका कारख़ाना बड़ा होता था। चारों तरफ़ अड्डे पर बैठे लोग काम में लगे रहते थे। अब आसपास से आकर शाखा वाले ऑर्डर ले जाते हैं वरना कुलबे की तरह छोटी सी जगह को कौन कारख़ाना कहेगा मगर पुराना बोर्ड लगा था 'जादुई ज़रदोज़ करने वाले शाहिद ब्रदर्स' उसी बोर्ड ने उसकी रोज़ी-रोटी कभी बन्द नहीं होने दी सिवाय उसकी हठ के चलते वरना उलटी-सीधी कढ़ाई कर कल के लौंडे लाखों के आदमी बन गए हैं। नए पैसे वाले क्या जाने काम की बारीकी और नज़ाकत। जिन्हें न रंगों की पहचान है और न ही कपड़ों की, बस! बड़ी-बड़ी बातें करनी आती हैं। अपने से बातें करते शाहिद आधी गली पार कर गए।

"अमाँ, शाहिद कहाँ का इरादा है? पीछे से आवाज़ आई तो शाहिद ने मुड़कर देखा, सामने बशीर और जगजीत खड़े थे।"

"अरे भई, तुम यहाँ कैसे?" शाहिद ने सलाम का जवाब देते हुए हाथ मिलाया।

"हमारी मुमानी तुम्हारे पड़ोस में आई थीं। उन्हीं से मिलने चले आये और तुम बताओ काम कैसा चल रहा है?"

"अब क्या बताएँ? वही हड्डी वही खाल," शाहिद बोल पड़ा।

"बहुत जल्द यह दोनों भी नहीं बचेंगे।" जगजीत कह उठा।

"वह तो है मगर तुम छोड़ते भी तो नहीं हो, नया काम-धन्धा ढूँढ़ो जिसमें मेहनत कम और हाथ में पैसा ज़्यादा आए।" बशीर ने शाहिद के कन्धे पर हाथ मारा। रोने-बिसूरने से काम नहीं चलता है। शोर जितना संरक्षण का होता है उतना दिखता नहीं है।

"बात तो सही है, कहने को हम कह देते हैं, शुक्र है अल्लाह का, सब ठीक-

ठाक चल रहा है लेकिन चल कुछ नहीं रहा।" शाहिद ने खिन्न स्वर में कहा।

"हमारी अपील की सरकार ने कोई नोटिस ही नहीं ली।" जगजीत ने कहा।

"सरकार कारीगरों व कलाकारों की नोटिस नहीं लेती है, वह तो भरे पड़े हैं गली-गली, किस-किस के आँसू पोंछे? कैसे छाँटे कौन-कौन क्या है? न उन्हें आरी, दबका, जरदोज़ी की कढ़ाई का फ़र्क़ पता है न सही काम की पहचान है। वह नए-नए बाज़ार, मॉल और शोरूम में रुचि रखती है।" बेहद कड़वे स्वर में जगजीत बोला।

"सच पूछो, हमारे कारख़ानों को यह शोरूम खा गए। हम अटके रहे असली काम पर वे लूट ले गए बाज़ार! नए-नए डिज़ाइनों पर, चाहे काम जैसा हो।" शाहिद ने गहरी साँस छोड़ी।

"जो असली काम करने वाले थे उनका अपहरण कर लिया लालाओं ने, उनके पास पूँजी थी। एक-एक नहीं पाँच-पाँच लाख की साड़ी और ड्रेस दस्तकारी हाट में बिकते देखी है और हमें क्या मिलता है मेहनताना?" जगजीत बोला।

"भूले-भटके जो हुनर के पारखी हैं वह आ जाते हैं मगर एक-दो ऑर्डर की कमाई से घर चल सकता है? जानते हो तुम, मैं 'आरी' का काम करता था साथ में जूतियों का भी मगर देखा काम की क़दर नहीं सो नौसिखियों से काम कराता हूँ उन्हें मज़दूरी कम देनी पड़ती है...तुम कहोगे शाहिद यह ग़लत है मगर साला यह पेट तीन वक़्त न सही दो वक़्त तो रोटी माँगता है। फिर यार! इस उम्र तक आते-आते समझ गया कि समझौता ही ज़िन्दगी है। जब ललक उठती है तो मन लगाकर 'आरी' का काम करता हूँ कोई नज़र वाला ले तो ख़रीद लेता है वरना मैं मलमल में लपेटकर रख लेता हूँ। ख़ुश होता हूँ अपनी दोनों भूख मिटाकर।" हँसते हुए बशीर ने कहा।"

"अच्छा, मैं चलता हूँ, कभी आओ तुम दोनों, मिलकर गप्पें मारेंगे।" शाहिद ने कहा। वह अब इस तरह की बातों से घबराने लगा है जैसे सूखता ज़ख़्म फिर से हरा हो जाए। बार-बार खुरन्द उखड़ना भी नासूर को दावत देने जैसा है। दरअसल यह दोनों अपने गुनाह की सफ़ाई मुझे दे रहे हैं। इस समय शिकायत किसे नहीं है। हर इनसान दोराहे पर खड़ा है यह उसकी पसन्द है कि वह दाएँ मुड़े या बाएँ। अपने हुनर के साथ धोखाधड़ी से अच्छा था कोई और काम-धन्धा कर लेते लेकिन इन्होंने डगर वह पकड़ी जो ग़लत दिशा में जाती है। ख़ैर मुझे क्या लेना-देना है जिसका

जो दिल चाहे वह करे। वह अपने खोखानुमा कारख़ाने पहुँच गए थे। आसपास की शाखाओं से कारीगर आ चुके थे। सब ख़ुश थे अपना मेहनताना पाकर और ऊपर से नया काम भी मिला था।

शाहिद कारख़ाने में ताला डालकर सखाराम स्टोर वाले की दुकान पर पहुँचे और पुराना बकाया चुकता किया फिर शबरात का सामान लेकर महीने भर के गल्ले की लिस्ट लाला जी को थमा वह घर की तरफ़ चल पड़ा। भूख उसे ज़ोरों से लग रही थी। नग़मा भी भूखी होगी। यह सोचकर वह मुड़े और होटल से सालन-रोटी बँधवा, घर की तरफ़ तेज़ी से मुड़ गए।

खाना खाकर दोनों लेटे तो शाहिद ने नग़मा से पूछा, "तुम्हें डॉक्टर के यहाँ कब जाना है, दवाएँ ख़त्म हो गईं या हैं?"

"कल ही ख़त्म हो गई थीं।"

"ओह! अगर मुझे पहले पता होता तो मैं लेता आता!"

"आ जाएगी।"

"तुम्हारी तबीयत ठीक है न।" शाहिद ने बीवी के चेहरे पर आई लट सँवारते हुए कहा फिर प्यार से बोला, "बहुत सुस्त लग रही हो, कुछ छुपा तो नहीं रही हो।"

"अरे नहीं, बस कुछ देर सो लूँगी तो फ्रेश हो जाऊँगी।"

इसके बाद दोनों ने आँखें बन्द कीं और बीच में लेटी बेटी के बदन पर हाथ रख ऊँघ गए जो गहरी नींद में डूबी थी।

नग़मा ने सूजी भूनना शुरू किया। मेवे तो वह पहले ही काट चुकी थी, आसपास के घरों से भुनती सूजी की सुगन्ध हवा अपने संग लेकर इधर-उधर डोल रही थी। उसने भुनी सूजी को परात में उलटा और चाय बनाने लगी। शाहिद जाग चुके थे। सफ़र की थकान और पेमेंट मिलने के इत्मीनान ने उनकी कई रतजगों की नींद पूरी की थी। सर तो उसका भी दर्द कर रहा है मगर वह इन ज़रूरी बातों को छोड़ कैसे सकती है जबकि घर में कोई दूसरी औरत भी नहीं है। कहने को शाहिद हाथ बँटाते हैं लेकिन उन्हें बाहर भी तो जाना पड़ता है। सब अपने ऐसा छूटे कि न फिर मायके जाना हुआ न ससुराल, आज तीन साल होने को आए। सारा आराम व चैन खोकर

नए शहर, नए माहौल में ठोकर खाने चले आए। कभी काम ठीक चलता है तो चार पैसे की बचत हो जाती है वरना तो क़र्ज़े के बोझ में फाँका भी करना पड़ता है।

"आप दूध ले आइए तो मैं चने के हलवे के लिए दाल चढ़ा देती?" प्याली शाहिद को थमाती हुई नग़मा बोली और चाय का घूँट भरने लगी। बच्ची जाग चुकी थी। उसे लेकर शाहिद घर से बाहर निकले तो नग़मा ने कहा, "ज़रा स्टोर वाले को याद दिलाएँ कि सामान अभी तक आया क्यों नहीं?"

"कहता हूँ!"

शाहिद के जाने के बाद नग़मा ने सफ़ाई शुरू कर दी। तफ़सीली सफ़ाई तो वह दो दिन पहले ही कर चुकी थी। अब वह किचन में तभी जाएगी जब शाहिद लौट आएँ और महीने भर का सामान भी आ जाए। क्या पता अगला महीना इससे भी ज़्यादा सख़्त गुज़रे। उसने तख़्त और पलंग की चादर बदली और अपने मायके और ससुराल की याद में खो गई। आज के दिन कई किलो हलवा बनता था जो कनस्तरों में भर महीनों खाया जाता था। आज वह बनाएगी सिर्फ़ आधा किलो सूजी और पाव भर चने की दाल का हलवा। न कोई उसके घर हलवा भेजेगा न वह ही किसी पड़ोसी के घर भेजेगी। यहाँ किसी से बहनापा तो दूर आना-जाना भी नहीं है बस शाहिद की सलाम-दुआ गली में दिख जाने वाले किसी शख़्स से हो जाती थी। कभी शहर बदलता है तो कभी मोहल्ला! ज़िन्दगी का ठहराव जैसे ख़त्म हो गया था।

शाहिद ने बिटिया को आइसक्रीम दिलवाई और ख़ुद स्टोर में लगे सामानों को देखने लगा। जब उसने बाप से नाराज़ होकर घर छोड़ा था तो बैंक में तीस-पैंतीस हज़ार बचे थे। भोपाल से अचानक नए प्रान्त की तरफ़ निकल आना बिना किसी वसीले के बेवकूफ़ी ही कही जाएगी, मगर उसे सहारा मिला था राबिन का जो उसका क्लास फ़ेलो था और उसकी अपनी सौतेली माँ से नहीं पटती थी। वह भी उकताया, झुँझलाया रहता था। उसकी शादी नहीं हुई थी। दोनों ने घर छोड़ने का इरादा कर लिया और अपने तीसरे दोस्त पंकज के बुलावे पर इलाहाबाद चले आए। उसका बड़ा सा घर था। कुछ महीने मौज-मस्ती से गुज़र गए फिर तय पाया ऑनलाइन कोई कारोबार करने का लेकिन कौन सा कारोबार? उनके पास कोई अनुभव व

सलाहकार तो था नहीं, न मेहनत की आदत थी। आख़िर में तय पाया कि शाहिद जो काम जानता है वही शुरू किया जाए और इस तरह जादुई कढ़ाई का काम शाहिद और नग़मा के भरोसे चल पड़ा। सूई और हथेली की मदद से फूल कपड़े पर उभारने थे। दीदा रेज़ी का बारीक काम था। सिर्फ़ काम देखने मोहल्ले की औरतें जुट जातीं ऑर्डर भी देतीं, मगर पेमेंट के नाम पर केवल तारीफ़! तीनों को लगा ऑनलाइन तो जब तक ज़ोर पकड़े तब तक हमें बाज़ार में उतरने के लिए किसी ऐसी जगह दुकान, कारख़ाना या जो भी कह लो खोलना चाहिए। इस तरह काम शुरू हुआ और काम चल पड़ा।

"पापा, एक और लेके दो।" अचानक बेटी की आवाज़ से उसकी यादों का सिलसिला टूटा।

"बस अब कल खाएँगे नहीं तो गला ख़राब हो जाएगा।"

"आपका सामान जाए रहा है।" स्टोर वाले ने कहा।

"अच्छा!" शाहिद ने कहा और बेटी को गोद में उठाया।

लड़का फुर्ती से दो भारी झोले उठाए गली में मुड़ गया। शाहिद फिर अतीत की तरफ़ मुड़ गया। राबिन के पिता सख़्त बीमार हुए तो उसे जाना पड़ा फिर वह नहीं लौटा और पंकज का मन इतने धीमे रफ़्तार से चलने वाले कारोबार से ऊब गया और वह भी नौकरी की तरफ़ मुड़ गया। साँझे की हँड़िया बीच बाज़ार फूट गई। यह सब कुछ इतना ताबड़तोड़ हुआ कि साल भर के इस घटनाक्रम से दोनों मियाँ-बीवी बौखला के रह गए। कारख़ाना ख़त्म हुआ और गढ़ी सराय में सस्ता घर और एक बैठने की जगह मिल गई। दोनों ज़िन्दगी को खींचने की जद्दोजहद में लग गये। कभी फाक़े की नौबत तो कभी अय्याशी। भरपेट खाना व किराया का अदा होना और घर में गल्ले का भरा होना उसकी नज़र में अय्याशी थी जिसमें वह भरपूर नींद सो सकता था। कल जो पेमेंट हुआ है उसने कई आफतों से बचा लिया है। बनारस में हो रही शादी के कपड़ों का ऑर्डर मिला था और वायदे के मुताबिक़ अदायगी भी हो गई थी मगर ऐसे चांस बार-बार नहीं मिलते हैं।

शाहिद स्टोर से आए सामान को उनकी ज़गहों पर लगा रहा था और नग़मा किचन में तेज़ी से हाथ चला रही थी। वक़्त तंग था। सामान के आने में देर होने

की वजह से सूरज तो अपने डूबने का समय बदल नहीं सकता है। उसने दूध का पैकेट खोला और पतीली में डाला और साथ ही चने की दाल फिर उसने कढ़ाई चढ़ाई और देसी घी का छोटा सा डिब्बा खोल गर्म होती सूजी पर डाल भूनने लगी। इस हलवे को शक्कर और पानी डालने के बाद सँभालना कितना मुश्किल है न गीला हो न अकड़ा बल्कि अपनी सख़्ती के साथ ख़स्तगी बहुत ज़रूरी है जिससे लौज़ भी कट जाए और साबूत सेनी से निकल भी जाए, ठीक इनसान के किरदार की तरह जिसको हज़ार तरह के इम्तहान से गुज़रना पड़ता है, कभी धूप है तो कभी छाँव।

"मैं आऊँ!" शाहिद ने तेज़ी से चलते उसके हाथ देखकर पूछा मगर नग़मा ने कोई जवाब नहीं दिया और कफ़गीर से गर्म हलवे को घी लगी छोटी सी सेना में निकाल उसे कफ़गीर से फैलाने लगी। चने की दाल का दूध सूख चुका था उसने गैस बुझाई और सेनी उठा तख़्त की तरफ़ बढ़ी। सेनी तख़्त पर रखकर उसने घी लगी छूरी से लौज़ काटना शुरू किया फिर दाल पीसने उलटे पाँव किचन की तरफ़ बढ़ी। उसका दिल धुक-धुक कर रहा था कि कहीं गैस ख़त्म न हो जाए। शाहिद उसके अन्दर की बदहवासी को महसूस कर रहा था। ग़रीबी में आटा गीला की सावधानी आदमी को पंजे के बल खड़ा रखती है। दाल पीस ली और चने का हलवा भुनने लगा। उसे घी लगी प्लेट में उलट उसे हाथ से थपकी देने लगी फिर सूखे मेवे बुरक उसने छूरी से लौजें काटी और प्लेट तख़्त पर रख उस पर साफ़ मलमल डाला। माथे और होंठों पर आए पसीने को उसने पोंछा और वहीं तख़्त के कोने पर टिककर बैठ गई।

"मैं तुम्हें कोई आराम न दे सका।" शाहिद ने यह कहा नहीं मगर उसकी आँखें बोल गई थीं। नग़मा उठी और किचन में जाकर मैदे का हलवा बनाया जो गीला बनना था फिर रोटियाँ डाल, फकीरों के लिए पैकेट बनाकर उसने चाय का पानी रखा। वह नहाना चाहती थी। पसीने से बदन तर-बतर था। उसका सर बुरी तरह दुख रहा था। नल से अव्वल तो पानी नहीं गिरेगा अगर गिरा भी तो खौलता हुआ। उसने किचन समेटा और चाय के मग हाथ में थामे वह कमरे की तरफ़ बढ़ी।

बच्ची को हाथ का पंखा डुलाते-डुलाते शाहिद भी ऊँघ गए थे।

दरवाज़े पर लगी हाँक से दोनों की आँख जो पल भर के लिए झपकी थी वह खुल गई। फ़क़ीर दर पर था। शाहिद ने पैकेट और पानी की बोतल उसको दी और बाल्टी भरने पर्दे के पीछे गया जो उनका ग़ुस्लख़ाना था।

"कुछ देर बाद पानी ठंडा हो जाएगा तब तुम नहा लेना।"

नग़मा ने ख़ाली चाय के मग उठाए और रात के खाने के लिए दाल चढ़ा दी और चावल भिगो दिया। तख़्त पर रखी सेनी का हलवा ठंडा हो गया था। लौज़े उठा-उठाकर उन्हें डिब्बे में रखा और कपड़ा निकालने के लिए बक्स खोलने लगी। घड़ी में पौने छह हो रहे थे। फातेहा का टाइम क़रीब था।

"अलग रहने में ख़ाक मज़ा है?" थकी-झुँझलाई सी पहली बार नग़मा मुँह ही मुँह में बड़बड़ाई। उधर अगरबत्ती माचिस तख़्त पर रखते हुए शाहिद सोच रहा था कि बाप से लड़कर मैंने कौन सा तीर मार लिया? मेरे अन्दर तो वह आसन जमाए बैठे हैं।

बुज़ुर्गों की क़ब्रों पर यही एक रात होती है जब मिट्टी व चूना चढ़ी क़ब्रें आकार लेकर उभरती हैं और इसी साफ़-सुथरे क़ब्रिस्तान में चिराग जला दिया जो सारी रात झिलमिलाते हैं जैसे आसमान से उतरी रूहों के लिए एक रास्ता आकाश ज़मीन पर भी जगमगा उठता है। दौड़-भाग और इबादत भरी रात जहाँ बदन में थकन भर देती है उसी तरह आदमी के अन्दर का अँधेरा भी साफ़ हो जाता है और राहत का अहसास भी जागता है कि मुर्दा रिश्तेदारों की रूहें एक बार फिर अपने जीए मकान में आईं और अपने ज़िन्दा लोगों को देखकर वापस चली गईं। यह बातें धार्मिक हैं या सिर्फ़ मनोवैज्ञानिक थेरेपी कि इनसान मौत और मरने वालों से सदा सम्पर्क में रहे ताकि उसको न मौत से डर लगे और न इनसान के अचानक चले जाने से या फिर यह सब ढकोसला है?

दोनों फातेहा के बाद उदास बैठ गए। उनका क़ब्रिस्तान तो भोपाल से लगे क़स्बे में था। वहाँ सब गए होंगे। सबने इन दोनों को ज़रूर याद किया होगा। रूहों ने भी उन्हें ढूँढ़ा होगा। उनकी कमी सबको खली होगी। दोनों से रात का खाना भी नहीं खाया गया। भारी दिल से शाहिद मस्जिद के लिए घर से निकला। मस्जिद पहुँचकर भी उसे सुकून नहीं मिला। होंठ दुआ पढ़ रहे थे और कान अब्बा की

आवाज़ों से बज रहे थे। लाहौल पढ़ उसने शैतान को भगाने की कोशिश की मगर दियों से जगमगाता क़ब्रिस्तान और घर की चहल-पहल से उसे छुटकारा नहीं मिल पा रहा था।

क़ुदरत ख़ामोश थी शायद गहरी नींद में डूब चुकी थी। पौ फटने में अभी देर थी! गंगा के पानी में कोई हलचल न थी। सारी मछलियाँ सीपियों के सिरहाने लगा सोई पड़ी थीं। हवा भी बन्द थी। ऐसे समय में पैरों की मद्धिम आवाज़ें निस्तब्धता को भंग कर रही थीं। यह एक-दो लोगों की पदचाप नहीं थी बल्कि पचासों जोड़े पैरों की लय थी।

यह शबरात की सुबह थी जब अपनी हाजतों के अरीज़े लेकर हाजतमन्द हज़रते ख़िज्र से विनती करने आए थे कि वह उनके लिखे पत्र को 'हमामेज़मा' तक पहुँचा दे। दुआएँ पढ़ते होंठ, उसकी सरगोशी और काँपते हाथ जिसमें आटे के पेड़े में रखी अपनी बात का लिखा पर्चा दबा था। जब यह पेड़े आगे-पीछे पुल की ऊँचाई से पानी में छपाक की आवाज़ करते गिरे तो लगा प्रकृति आँखें झपका बैठी। पानी में मछलियों के मचलने से हलचल हुई और आटे के पेड़ों को मछलियों ने कुतरना शुरू कर दिया। आँसू पोंछते क़दम अब तेज़ी से अपने घरों की तरफ़ लौट रहे थे। उसी में नग़मा भी थी जो अभी तक पुल की रेलिंग पर सर रखे जाने क्या-क्या माँग रही थी या फिर उसी को बार-बार दोहरा रही थी कि उसी की आवाज़ अनसुनी न चली जाए। उसके साथ उसकी चार साल की बेटी थी जो उसकी चादर पकड़े खड़ी नीचे पानी में जाने क्या देखने की कोशिश कर रही थी। एकाएक माँ से बोली, "चलो...!"

नग़मा ने अपनी आँखों से बचे आँसू निचोड़ और रूमाल से मुँह पोंछा। बेटी का हाथ पकड़ वह आगे बढ़ी। कुछ दूर चलने के बाद बेटी ने कहा, "मम्मी, लिकछा कर लो पैर दुखता है।"

बेटी की बात सुनकर उसका ध्यान टूटा और झुककर वह बेटी को गोद में उठाने लगी तभी उसे डॉक्टर का कहना याद आया कि भारी सामान, बच्चे को गोद में न उठाएँ। उसने लम्बी साँस ली और प्यार से बेटी के सर पर हाथ फेर बोली, "मिले भी तो।"

नग़मा बेटी की परेशानी समझ रही थी। उसे घर पर अकेला छोड़कर आ भी नहीं सकती थी। शाहिद तो रात ही पास की मस्जिद में इबादत करने निकल गए थे। उनके पहुँचने का भी वक़्त हो रहा है और घर की चाबी मेरे पास है। पता नहीं वह अपनी चाबी ले भी गए हैं या हमेशा की तरह कारनिस से उठाना भूल गए हों। इस ख़याल के आते ही उसके पैर तेज़ी से आगे बढ़ने लगे और बहलाने के लिए वह बेटी को चाकलेट दिलाने की बातें कर रही थी। नन्हे-नन्हे पैर इस बहलावे में तेज़ तो हुए मगर कुछ देर बाद अचानक वह बैठ गई और रुआँसी आवाज़ में बोली, "दुखता है।"

नग़मा ने बेबसी से इधर-उधर देखा। अभी आमद व रफ़्त शुरू नहीं हुई थी इक्का-दुक्का साइकिल सवार ज़रूर नज़र आए। उसने पल भर सोचा फिर झुककर बेटी को गोद में उठा लिया। बेटी इतना थक चुकी थी कि गोद में चढ़ते ही माँ के कन्धे पर सर रखकर सो गई। नमाज़ का वक़्त हो रहा था।

संघर्ष से भरा दिन सामने था। नग़मा की तबीयत ठीक नहीं थी। वह बदन की टीसन को सहन करती हुई धीरे-धीरे ही सही घर के कामों को निबटा रही थी। शाहिद सुबह से सर झुकाए कढ़ाई, उसी जादुई कढ़ाई में मसरूफ़ था जिसमें से कोई जिन नहीं निकलता था अलबत्ता उँगली में महीन सूई ज़रूर कभी-कभी चुभ जाती थी। उसको सुनाई दिया, "तुम्हारा ध्यान किधर है?" हाँ, काम सिखाते हुए अक्सर उसे अब्बा की डाँट सुननी पड़ती। उन्हीं अब्बा की जिनसे जवान होने पर झक-झक हो जाती थी फिर एक दिन ग़ुस्से में वह घर छोड़ आया। बात उस दिन वही सब हुई थी जो हर रोज़ होती थी मगर उस दिन राख में दबी चिंगारी फ़ैसले के शोले में बदल गई। शाहिद की सूई पकड़ी उँगली फूल की पंखुड़ी काढ़ते हुए ठहर गई और आँखें भर आईं।

घर के सामने वाली पुरानी बावली की जगत पर वह ग़ुस्से से काँपता हुआ जा बैठा था। नीचे बरसात का पानी भरा था। मन हुआ छलाँग लगाकर जान दे दे मगर पानी कम था। वह सिर्फ़ अपनी छवि को पानी के सतह पर बनता-बिगड़ता देखता रहा अचानक पानी के अन्दर से साँप का चेहरा दिखा फिर बदन जो कुएँ की दीवार से लिपटता तेज़ी से ऊपर की तरफ़ आ रहा था जिसे देखकर उसके

दिमाग़ में बिजली सी कौंधी, "मुझे घुटन भरे कुएँ से आज़ादी चाहिए।" और उसने दूसरे दिन घर छोड़ दिया था।

सही है सूई चुभी उँगली की हल्की सी टीसन कई दिनों तक महसूस होती है मगर माँ-बाप से अलग होकर क़दम-क़दम पर उनकी दूरी की चुभन उसे हमेशा कचोटती रहती थी। अचानक उसका दिल भर आया और हाथ में पकड़ा फ्रेम तकिया पर रखकर घुटनों पर सर रखकर उसके अन्दर का बच्चा फूट-फूट कर रोने लगा।

नग़मा अपनी बेटी को उछलते देख अपने बचपन में खो गई। उसकी दादी जब रात को उसे लिपटाकर कहानी सुनाती तो अपने दादाजी को भी याद करती हुई बताती कि जब अकबर बादशाह ने तुर्की से ज़रदोज़ी दस्तकारों को बुलाया था तो हिन्दुस्तानियों ने वह फन सीखा और उसमें अपने गुल-बूटे काढ़े। तेरे दादा सुनहरे रंग का मोर काले मखमल पर काढ़ते थे जिसकी धूम थी। हमारे पास किसी चीज़ की कमी न थी मगर अब वह जादू छूमन्तर हुआ। ठंडी साँस लेकर दादी चुप हो जाती और वह सो जाती। जब वह थोड़ी सी बड़ी हुई और घर में ख़र्चे व काम की कमी देखती तो अपने छोटे-छोटे हाथ आसमान की तरफ़ उठा दुआ माँगती, "मेरे अच्छे अल्लाह मियाँ, अकबर बादशाह की तरह कोई मेरे अब्बू को भी अपने देश ले जाए जहाँ वह अपने हुनर से ख़ूब पैसे कमाएँ और हमारे आटे का कनस्तर हमेशा भरा रहे। सोचते-सोचते हँस पड़ी फिर अचानक उसकी आँखों में पानी भर आया।

ससुराल नग़मा का सात गाँव छोड़कर नहीं था बल्कि अपने चचा के घर ब्याह के गई थी। बड़े से घर के चार हिस्से जिसमें दादा-दादी, अब्बू-अम्मी और चचा व चची रहते थे। चूल्हा एक था। काम एक था। बचपन से नग़मा व शाहिद की दोस्ती थी जो प्यार में बदल गई और फिर शादी में। उस घर में प्यार था दुलार था बस एक ही खटपट थी कि शाहिद ज़रदोज़ी के काम में जितनी मेहनत व समय लगाता वह इतना समय नहीं लगाना चाहता था। वह कहता बाज़ार में जो बिक रहा है उलटे-सीधे टाँके मोती, रंगीन धागों के साथ वैसा काम भी हमें करके पेट पालना चाहिए। अब न सोने, चाँदी के तार के काम की इतनी माँग है जिसके इन्तज़ार में हम फ़ाक़ा करें।

"तो क्या हराम की खाएँ? अपने ही हुनर का गला घोंट दें? बरख़ुरदार यह हमसे उम्मीद न रखो, भले ही हम काम छोड़कर खेती कर लें।"

"पता है आपसे कुछ नहीं होगा। आपको इस दुनिया का कुछ पता नहीं है। ज़माने के साथ चलिए। मेरा भी कलेजा फटता है जब आपके सिखाए कल के लौंडे बड़े-बड़े शोरूम से जुड़ गए हैं और आपका ख़ुद का बेटा बाप की विरासत का बँधुआ मज़दूर बना हुआ है?" शाहिद कुढ़ता और उसके दुख का फोड़ा फूट जाता।

शाहिद नग़मा को लेकर कई बार शेरवानी, आउटफिट्स दिखाने बड़े-बड़े शो रूम में ले गया था। वह ख़ामोश रहती आख़िर बोले किस तरफ़? यह सच था कि चन्द ज़रदोज़ी के जानने वाले बड़ी-बड़ी तनख़्वाहों के साथ चलते-फिरते काम करके अच्छा कमा रहे थे जहाँ कपड़ों का पुराना सलीक़ा ग़ायब था। कुर्ते का दामन तिरछा तो शेरवानी का एक दामन ऊँचा तो दूसरा नीचा, जिन रंगों को मर्दों ने कभी नहीं पहना उस रंग को नए फ़ैशन के नाम पर महँगे से महँगा बेच रहे हैं। आख़िरी बहस जो उनके बीच हुई थी उससे सभी सन्नाटे में आ गए थे।

"अब्बा जान आप कुछ नहीं जानते, बाज़ार पैसे वालों से रुपए घसीटता है जिनके पास न हुनर को परखने की आँखें हैं, और न ही लिबास पसन्द करने की तमीज़! वह डिसपोज़ल कपड़े चाहते हैं जिसे वे एक बार पहनें और फेंकें। आपका ज़माना नहीं है कि सेत-मेत के पीढ़ियों के कपड़े सँभाले जैसे वह क़ब्रिस्तान हो!"

"नालायक़! बदबख़्त निकल जा! जहाँ कहीं जाना चाहता है जा, जो चाहे कर मनहूस! मैंने तुझे आक़ किया।"

"अरे, अरे भाईजान! आपका पहलौठी का बेटा है और आप उसे..."

"मेरा कोई बेटा नहीं।" इतना कहकर उन्होंने पहले दो हत्थड़ ज़ानू पर मारे फिर वही, थप्पड़ की शक्ल में गालों पर मारा और कमरे में जाकर दरवाज़ा भड़ाक से बन्द किया...नबाकार, नहनज़ार तुझे मेरे ही यहाँ पैदा होना था? मुझे दोग़लेपन की नसीहत कर रहा है। जा, मैंने तुझे आज अपने नुत्फ़े से अलग किया। दबी हिचकियों की आवाज़ें और यह बैन शाहिद नहीं सुन सका था वह तो पिस्टल की गोली बन अपने प्रिय स्थान बाउली की तरफ़ निकल गया।

"अब्बू के दिल पर दोहरी चोट लगी थी। एक भतीजा दूसरा दामाद का रिश्ता, मगर करते क्या? सब कुछ हाथ से निकल चुका था फिर सभी ने मिलकर

सोचा, वक़्त सबसे बड़ा मरहम होता है कुछ दिनों बाद ख़ून ख़ून को पुकारेगा।"

आज दो साल से ऊपर हो चुके हैं। किसी ने शाहिद को वापस आने के लिए न फ़ोन किया और न ही ख़त डाला न गुज़री बातों पर ठंडे पानी के छींटे मार ग़ुस्से की आग को बुझाकर मनाने आया। जैसे सब उन दोनों को भूल चुके हैं। इधर से शाहिद ने भी कोई कोशिश नहीं की और शुरू में ही उसने नग़मा को क़सम दिला रखी थी कि अगर तुमने घर फ़ोन किया तो मेरा मरा मुँह देखना वैसे ही ताया अब्बा ने भी हो सकता है ऐसी ही कोई क़सम खिला रखी हो। अब यह ऊपर वाला ही जाने कि कब इनकी क़समें टूटेंगी और कब वह अपने छूटे कुनबे से जा मिलेगी।

रोते-रोते गहरी नींद में शाहिद डूब गया। ख़्वाब में वह घर पहुँच चुका था। बावली की जगत पर बैठा वह टाँग हिला-हिला कर अमरूद खा रहा था। गुलाबी ठंड का मौसम था, धूप खिली थी और हवा चल रही थी। तभी उसने खाये अमरूद के सख़्त बीज वाले हिस्से को उछालकर फेंकना चाहा कि क्या देखता है कि ऊपर बरगद के पेड़ से एक लम्बा-चौड़ा साँप जटा की तरह लटकता जगत पर गिरता है और सरसराते हुए कुएँ की दीवार पर तेज़ी से फिसलता हुआ आँखों से ओझल हो गया।

शाहिद हड़बड़ाकर नींद से जागा और घबराया सा इधर-उधर देखने लगा तभी बेटी की उँगली पकड़े नग़मा कमरे में दाख़िल हुई, "जाग गए आप।"

"पानी!" धीमे से शाहिद ने कहा और चेहरे पर इस तरह हाथ फेरने लगा जैसे मकड़ी का जाला हटा रहा हो।

पानी घूँट-घूँट पी रहा था और सोच रहा था कि यह किसी क़िस्म का ख़्वाब है जिसमें न घर का कोई फर्द आया और न ही शहर का कोई हिस्सा?

"चाय लें।" नग़मा ने ट्रे से मग उठाकर बढ़ाते हुए कहा तभी बेटी बोल उठी।

"पापा आइसक्रीम।"

"चलेंगे अभी तुम खेलो। उसने घूँट भरा और नग़मा की तरफ़ देखा जैसा कहना चाह रहा हो कि अब बहुत हुआ, हमें लौट जाना चाहिए।" तो नग़मा पूछेगी, "आपकी क़सम का क्या हुआ?"

वह लाजवाब सा चाय पीता रहा, हिम्मत नहीं जुटा पाया कि कह सके, "भाड़ में जाए क़सम।"

"आपकी तबीयत ठीक है?" नग़मा ने उसके उतरे चेहरे को देखते हुए पूछा, तभी फ़ोन की घंटी बजी।

"हलो! सलाम अलैकुम! आप जमाख़ातिर रहें आपका काम वक़्त से पहले हो जाएगा जनाब! मैं जानता हूँ यह चौथी का जोड़ा है।" कहते हुए उसने मोबाइल बन्द किया और अँगनाई की तरफ़ जाने के लिए उठा। नग़मा ने बेटी की फ्रॉक बदली और बालों में तितली वाली क्लिप लगाई फिर मुँह चूमकर बोली, "अब अम्मी भी तैयार होले, तीनों घुम्मी-घुम्मी करके आएँगे।"

गई रात तक तख़्त पर बैठा शाहिद चौथी का जोड़ा तैयार करता रहा और सोचता रहा कि मैं कम दामों पर राज़ी हो बनारस जैसे शहर से काम ले आता है। जो असली हुनर की माँग करते हैं मगर यह काम समय लेता है। बहुत ज़्यादा काम तो मशीन से कढ़ाई समझकर ले भी नहीं सकता है। नई-नई मशीनों व क्रियेटरों ने नए डिज़ाइन लाकर अपना बाज़ार खड़ा कर लिया है और हमारे हाथ काट दिये हैं। दस्तकारी का यह चलन क्या टिका रह पाएगा? आज मेरी समझ में आ रहा है कि नए उगते बाज़ार, पसन्द और डिज़ाइनों के बीच सुस्तरफ़्तारी क्या तेज़ी से भागती माँग का मुक़ाबला कर पाएगी तो...? एकाएक वह चौंक पड़ा कि वह जब यह सब जानता है तो फिर उस दौड़ में शामिल क्यों नहीं हुआ? क्यों लकीर का फ़क़ीर बना बाप की राह पर चल पड़ा। क्या उसके अन्दर बाप अभी भी ज़िन्दा है जिसकी हिदायतों को कभी सुना नहीं और आज उस पर चल रहा है? वह पिछले दो वर्षों से आज़ाद था मगर अटका रहा उसी असली हुनर पर और जूझता रहा परेशानियों से। एकाएक उसके सर में बहुत तेज़ दर्द हुआ। उसने माथा दबाया और आँखें बन्द कर ली। फलदार पेड़ को बचपन में हम ढेले और खपच्ची से मार-मार कर उसे चोट पहुँचाते हैं सिर्फ़ उसके कच्चे, पक्के फलों का मज़ा लेने के लिए और मैंने वही हरक़त बड़े होकर की!

"मेरी आँखें जो देख रही थीं वही समय का सच था और है और जो बेड़ियाँ हम जैसे लोगों के पैरों में पड़ी हैं उसे मैं तोड़ना चाहता था। अपने बाप के पैरों की जंजीर न तोड़ पाया और अब देख रहा हूँ वही बेड़ियाँ मेरे पैरों में और संस्कार मेरे ख़ून में बह रहा है क्या मैं तोड़ पाया? उस दिन जो ऑर्डर मुझे मिला था वह

लगभग हज़ार कपड़ों का था और मुझे दो माह में करके देना था। मगर मैंने उनसे टाइम ज़्यादा माँगा, क्या जाता था महारत दिखाने में, फूलों में पाँच पंखुड़ी हो या दस कौन गिनने वाला था। बस, रंगीन धागों, नकली तारों और मोतियों से उसे पूरा कर देना था, वह ऑर्डर हाथ से निकल गया। अब्बा कहते थे कि यह गुनाह है अपने फन के साथ, गला घोंटना है एक ज़िन्दा फ़न का और यह क़त्ल मैं नहीं कर सकता हूँ मैंने अपनी उँगलियों से चाँद-सूरज जैसे तारों को छुआ है अब रंगीन धागों से कमाल दिखाता हूँ। मुझसे यह समझौता नहीं हो पाएगा। मेरी उँगलियाँ जल्दबाज़ी की बेहुनरी पर नहीं चल सकतीं।"

"मेरा मन इतना उखड़ा-उखड़ा क्यों है। अब्बा मुझे क्यों इतना याद आ रहे हैं? क्या मैं हालात से हार रहा हूँ या फिर मुझे ग़लत व सही की समझ ही नहीं सलीका भी आ गया है?"

हाथ का फ्रेम रख वह लेट गया। पीठ अकड़ चुकी थी आँखें थक गई थीं और सर चकरा रहा था। यह बेचैनी पहले तो कभी नहीं हुई फिर यह इशारा किस तरफ़ है? इस तरह पुरानी बातें बिना किसी वजह के क्यों याद आ रही हैं? शहर में भी सकून है। कोई राजनैतिक उथल-पुथल और आसमानी आपदा भी नहीं, आन पड़ी फिर यह कैसा तिलिस्मी खिंचाव में अपने अन्दर महसूस कर रहा हूँ?

सुबह की अज़ान शाहिद के लिए लोरी बन गई और वह गहरी नींद में डूब गया।

पच्चीस दिन बाद चौथी का जोड़ा तैयार हो चुका था। शाखा से कई कारीगर काम लेकर आये नहीं थे जिन्हें किसी के घर ख़तने और मूड़न के लिए कुर्ते और शलवार-जम्फर पर काम बनना था। दबके का काम वह चाहते थे। शाहिद ने फ़ोन पर इत्तला दे दी कि जोड़ा तैयार है कल सुबह लेकर पहुँचता हूँ।

"मेरा कोई आदमी आज शाम वहाँ से चल रहा है जोड़ा लेने आएगा, वही आपको मेहनताना भी अदा कर देगा।"

शाहिद ने राहत की साँस ली कि महीना ढलने और जेब में पैसे ख़त्म होने से पहले पेमेंट आ जाएगा। इस ख़ुशख़बरी के मिलते ही वह पहले नग़मा के पास पहुँचा और बड़े प्यार से बोला, "चलो तैयार हो जाओ, गुलाबी कामदानी पहनवाता तुम्हें?"

"अल्लाह ख़ैर! आज आप किस मूड में हैं?" उसकी हँसी में वही पुरानी खनक थी।

"बस!" शाहिद हँसा फिर मीठे अन्दाज़ से बोला, "तुम्हारे नंगे हाथ मैं कब से देख रहा हूँ और दिल मसोसकर रह जाता था।"

दोनों घर से निकल पैदल ही 'सुहाग स्टोर' की तरफ़ चल पड़े। चूड़ियाँ देखते हुए अचानक भोपाल याद आया और बहनें। उसने फिरोज़ी और गुलाबी कामदारी मिलाकर पहना फिर कलाई नचाकर अपना हाथ देखकर हँस पड़ी। उसके अन्दर ख़ुशी की एक गुदगुदी सी हुई। शाहिद ने धीरे से कहा, "अब तुम्हें गोलगप्पे खिलाता हूँ।"

"पापा मैं भी पहनूँगी चूरी।"

"यह रही आपके लिए प्लास्टिक की चूड़ियाँ।" दुकान पर बैठे लड़के ने हँसते हुए कहा।

चूड़ी पहन बेटी ताली बजाकर बोली, "या तो नहीं बजती।"

तीनों आगे जाकर चाट के ठेले के पास रुक गए। अचानक नग़मा के पेट में जलन शुरू हो गई। उसका ख़ुशी से दमकता चेहरा बुझ सा गया।

"आइसक्रीम!" बेटी के कहने से शाहिद तीन कोन लेकर आ गया। नग़मा ने हल्के से उसे चखा तो पेट में राहत सी महसूस हुई और वह आराम से कोन का मज़ा लेने लगी। पास में कहीं कोई समारोह था जहाँ से गाने की आवाज़ आ रही थी, बन्नो तेरी आँखें सुरमेदानी...

शाहिद की भटकती नज़रें जो सड़क पर वाहनों के साथ दौड़ रही थीं एकाएक नग़मा की तरफ़ मुड़ गईं। आँखों में सवाल उभरा फिर वह कह उठा, "तुमने काजल नहीं लगाया आज?"

"आज? मैंने तो कब का लगाना छोड़ दिया है।"

"क्यों?"

"ख़त्म हो गया जो साथ लाई थी।" जवाब सादा था मगर कई पर्तें खोल गया। शाहिद अनमना सा हो गया।

"घर लौटते हैं," नग़मा ने कहा और दोनों धीरे-धीरे घर की तरफ़ बढ़ने लगे। बेटी को नींद आ गई थी। सड़क के किनारे बिसातिन की दुकान थी शाहिद ने रुपए

जेब से निकाले और मेहँदी के दो कोन उठा लिए फिर मुस्कुराकर बोला, "चूड़ी मेहँदी लगे हाथों पर और अच्छी लगती है!"

शाहिद का दिल चाहा कि आज नग़मा को मीठा पान खिलवाते हैं। यह सोचकर वह पान की दुकान की तरफ़ बढ़ा। छह से नौ का शो छूटा था। एकाएक सड़क पर भीड़-भड़क्का हो गया। जब वह पान लेकर मुड़ा तो किसी ने उसे आवाज़ दी, वह चौंका फिर सोचा यहाँ कौन मेरे बचपन के नाम से पुकारेगा? उसने एक बीड़ा मुँह में दबाया और दूसरा नग़मा की तरफ़ बढ़ाया। अरसे बाद दोनों सैर-सपाट पर निकले थे।

"यार, बब्लू तुम्हें कब से पुकार रहा हूँ...ऐसे मगन हो...भाभी जी नमस्ते!" सामने पंकज और राबिन खड़े थे।

"तुम्हें पता है तुम्हारे अब्बाजान की तबीयत बहुत ख़राब है मैं अभी कल ही भोपाल से लौटा हूँ।" राबिन ने कहा।

"और गुरुघंटाल! तुम यहाँ भाभी के साथ मस्ती कर रहे हो?" पंकज ने पान खाए दोनों के लाल होंठों को देखकर कहा और ज़ोर से कहकहा लगाया। "काम बढ़िया चल रहा है।" शाहिद पिता की बीमारी की ख़बर सुनकर धक-सा रह गया।

"हम फ़िल्म देखने आए थे। तुमने भी देखी फ़िल्म?" राबिन ने पूछा।

"हम आज ही पहली बार निकले थे और..." शाहिद ने जैसे अपने से कहा हो।

"कल आओ अपनी तरफ़ तीनों यार बैठेंगे एक साथ, भाभी आप खाना हमारे साथ खाइएगा।" इतना कह पंकज ने जाते हुए रिक्शे को रोका और दोनों उचककर उस पर बैठ गए।

भारी क़दमों से दोनों घर की तरफ़ मुड़े। नग़मा का बाँध टूट चुका था। रास्ते भर होंठों को दाँतों से दबाए आँसुओं को रोकती रही। घर पहुँचते ही शाहिद ने घर फ़ोन मिलाया मगर मिला नहीं। नग़मा को चुप्पी सी लग गई थी।

"सामान बाँधो हम कल ही यहाँ से निकल जाएँगे। मैं ट्रेन का पता करता हूँ।"

दूसरे दिन निकलना क्या हो पाता। सामान समेटने में एक घंटा लगा मगर बाक़ी चीज़ों को निबटाते, ट्रेन में सीट बुक कराते हुए तीन दिन गुज़र गए। मकान में ताला लगा जब चाबी मकान मालिक के हाथ में थमाया तो शाहिद के दिल का बोझ हल्का

हुआ मगर गली पार करते हुए उसका दिल भारी हो उठा। स्टेशन जाते हुए उसने शहर को आख़िरी बार भर आँख देखा और लम्बी गहरी साँस ली।

इलाहाबाद स्टेशन पर वही भीड़-भड़क्का। शाहिद को अपना पहला दिन याद आया जब वह अपना घर छोड़ इस अजनबी शहर में उतरा था जहाँ लू के थपेड़े और जाड़े की सर्द हवाओं को उसने सहा था। यह शहर उसका संघर्ष स्थल था जिसने ऊबड़-खाबड़ रास्तों पर उसके पैर डगमगाने नहीं दिये मगर यह भी सच है कि वह जम भी नहीं पाए।

"ट्रेन भोपाल की तरफ़ भाग रही थी और सारे मुसाफ़िर सो गए थे। सामने वाली स्लीपर पर नग़मा बेटी को सीने से लगाए सो रही थी। उसकी आँखों से नींद दूर थी। उसके दिमाग़ में नए-पुराने दृश्य कौंध रहे थे। उसके दिमाग़ में अब्बा का एक ही जुमला घूम रहा था कि हुनर की परिपाटी होती है क़ायदा और तरीक़ा होता है। अरे नासपीटे! हम हुनरमन्द हैं। यह उँगलियाँ नोटों के गिनने के लिए नहीं अता की गईं हमें!"

अलाव

काले धुएँ के बादलों और सुरमई हवा की तड़पती लहरों के बीच एक बूढ़ी औरत डगमगाते क़दम से एक हाथ में चिराग़ और दूसरे हाथ की हथेली से उसकी लौ को बुझने से बचाती हुई अँधेरे में आगे बढ़ रही थी। लौ का पीला प्रकाश उसके फीके झुर्रियों से भरे चेहरे को व्यथा की अनेक रेखाओं में बदल रही थी। बालों की सफ़ेद उलझी लटें, धुनकी रुई के गोलों की तरह उसके सर को ढके हुए थी जिन पर मटमैले रंग का फटा दुपट्टा था। जैसे-जैसे वह आगे बढ़ रही थी पीछे अँधेरे में सफ़ेद पुती क़ब्रों की छवियाँ उभर रही थीं। क़ब्र ही क़ब्र न समाप्त होनेवाला सिलसिला...एकाएक तूफ़ानी शोर उठा और धूल की आँधी सूखी पत्तियों के बवंडर के साथ उठी और...कविता की आँख खुल गई। गला सूख रहा था। चेहरा पसीने से तर था। वह घबराई-सी उठी। धड़कते दिल को सँभालने की कोशिश में बेबसी से फफक उठी।

हर रात यही सपना...। यह औरत कौन है...क़ब्रिस्तान का मेरे सपने में आना, यह कैसा संकेत है उफ़?

सुबह-सुबह देखा यह सपना उसे सारे दिन बेचैन रखता था। इस सपने का उसे कोई सर-पैर नज़र नहीं आता था। उसने इधर अरसे से कोई ऐसी फ़िल्म भी नहीं देखी थी जिसमें क़ब्रिस्तान का कोई दृश्य रहा हो या फिर कुछ पढ़ा हो जिसमें इस तरह का कोई चरित्र रहा हो। फिर यह दृश्य कहाँ से उसके दिमाग़ की पर्त से निकलकर सामने आन खड़ा होता है?

लन्दन की ज़िन्दगी दिल्ली की तरह नहीं थी। शुरू-शुरू में उसे बहुत दिक़्क़तों का

सामना करना पड़ा था लेकिन धीरे-धीरे कर सारी बातें उसे सरल लगने लगी थीं। दिल्ली छोड़ते हुए उसे बहुत तकलीफ़ हुई थी मगर उसके पास कोई चारा न था। जगह बदलेगी तो उसकी मानसिक हालत भी बदलेगी और यादों पर धीरे-धीरे समय की धूल जमती जाएगी। उसे अपने टूटे दिल का यही उपचार समझ में आया, वह भी इसलिए कि उसे स्कॉलरशिप मिल गई थी और अब वह अपना रिसर्च वर्क आराम से कर सकती है। यहाँ आने के बाद वह अपने को काम में उलझाए रही, लाइब्रेरी, चैप्टर लिखना और सबसे बड़ी बात थी कि मम्मी और डैडी के दबाव से मुक्त थी कि वह शादी कब कर रही है? उन्हें डर था कि ओपेन सोसायटी में जाकर कहीं वह लिविंग टू गैदर की जीवन पद्धति न अपना ले या फिर किसी विदेशी से ब्याह न रचा ले। उनकी चिन्ता को वह समझती थी तो भी वह उनकी बातों को सुनकर दुखी हो उठती थी। अब तो वह उन्हें यह कहकर ख़ामोश कर देती थी कि यदि आप लोग मेरी ज़िन्दगी में इसी तरह हस्तक्षेप करेंगे तो मैं फ़ोन उठाना बन्द कर दूँगी और साल बाद घर भी नहीं लौटूँगी। उसकी यह धमकी कारगर साबित हुई और अब उनके बीच ऐसी कोई बात नहीं होती थी जो माँ-बाप को दुखी करे और उसे झुँझलाहट से भर दे।

दिल्ली में फ़साद हुए कुछ ही दिन गुज़रे थे। दबाव और तनाव के दिन थे। मम्मी व डैडी दिल्ली के हालात से ख़ुश न थे। इसी दौरान कविता को नौकरी मिली और एक अच्छा फ़्लैट भी किराए पर मिल गया। दोनों ही बातों ने उसे उकसाया कि मम्मी-डैडी कुछ माह आकर उसके पास रह लें और फिर वे तीनों योरप घूमेंगे। जब सब कुछ तय हो गया तो लॉकडाउन लग गया और दुनिया का नक़्शा ही बदल गया। शान्ति और सुरक्षा की सारी स्कीमें इस बीमारी ने फेल कर दीं जिसने सारी दुनिया को एक सूत्र में बाँध दिया। इनसानी गतिविधियाँ ठहर सी गईं। महामारी ने कोई भेदभाव नहीं रखा, पूरे विश्व को एक नज़र से देखा। लेकिन हर देश ने इस वायरस को अपनी-अपनी तरह बरता। कुछ ने देशवासियों को बचाने की भरसक कोशिश की, कुछ ने हाथ-पैर डाल दिए। इस वायरस के मुक़ाबले की उनके पास कोई तैयारी थी न उपचार। जब तक सँभलते, होश में आते तब तक मौतों ने घर ख़ाली करना शुरू कर दिया था जिसकी चपेट में मम्मी-डैडी भी आ गए। वह न जा पाई और न उनके अन्तिम दर्शन कर पाई। उनकी शव-यात्रा अस्पताल से श्मशान

घाट तक रही जहाँ न उन्हें अपनों का कन्धा मिला न उनकी चिता में उसने अग्नि दी और न कोई रोया।

कविता के पुराने घाव के टाँके भी इस नये ज़ख़्म से खुल गए। जिस इनसान को भुलाने के लिए वह सात समन्दर पार आई थी उसकी यादें अचानक आँसुओं से धुलकर चमक उठी। मम्मी-डैडी यदि अपना कठोर निर्णय उस पर ज़बरदस्ती न लादते तो वह कभी इस तरह विदेश आने की तैयारी में जगह-जगह अप्लाई न करती। ज़िन्दगी कुछ और होती और वह उनके पास दिल्ली में रहती जहाँ वह नौकरी कर रही थी। सब कुछ बदलकर रख दिया मम्मी-डैडी ने मेरे लिए। वह इनसान छूटा, और माँ-बाप भी, तनहा रह गई वह, तनहा...बिलकुल तनहा रह गई।

समय तेज़ी से गुज़र रहा था।

दुनिया ने राहत की साँस लेनी शुरू की तो इनसानों में भी नई ऊर्जा दौड़ पड़ी। जिस तरह अँधेरा छा गया था उसमें सिर्फ़ बीते दिन तारों की तरह टिमटिमाते थे जिसके बीच चाँद उग आता था। वह चाँद उसमें बेक़रारी कुछ इस तरह भर देता जैसे समन्दर में ज्वार-भाटा उठता है। कभी-कभी उसका व्याकुल मन बौरा जाता और कहता कि दीवानी, अब तू आज़ाद है जाकर मिल आ। पुराने नम्बर पर फ़ोन मिला, बात कर और एक नई ज़िन्दगी की शुरुआत कर। क्या पता वह भी भटक रहा हो तनहा तेरी तरह?

फिर वह झिझक जाती अनजाने भय से...फिर पूरे विश्वास से कहती कि वह भला कैसे भूल सकता है मुझे? मेरे अलावा उसकी ज़िन्दगी में कोई दाख़िल नहीं हुआ होगा। जब तक मेरे दिल में फूल तरोताज़ा हैं तब तक वह भौंरा मेरे पराग पर ही उस रस का स्वाद लेगा जिसे प्यार कहते हैं।

मैं शायद बहक रही हूँ, क्या मेरी उम्र इस तरह के प्रेम में डूबने की रह गई है? क्या पता उसके दिल की धड़कनों ने प्यार का वह गीत गुनगुनाना बन्द कर दिया हो जैसे मैंने सख़्त चट्टान अपने दिल पर रख ली थी। हर पल उससे दूर भाग रही थी। चलते हुए उससे मिली भी नहीं थी। उसे डर था कि कहीं वह कमज़ोर न पड़ जाए और अपनी चाहत की धुन में डैड को आत्महत्या करने पर मजबूर होना पड़े जैसा उन्होंने अपने अन्तिम फ़ैसले में कहा था—

"पहले तेरी माँ को गोली मारूँगा फिर अपने को...जो सामने मेरे यह तमग़े

सजे हैं वह पाकिस्तानी युद्ध में जीतकर हासिल किए हैं दुश्मनों के धर्म वाले को मैं अपनी बेटी का हाथ कैसे दे दूँ?"

"शान्त हो," मम्मी कहती और ढेरों बर्फ़ डाल व्हिस्की का गिलास उन्हें थमा प्रताड़ना-भरी निगाह से उसे घूरती। बात बढ़ न जाए इसलिए वह भी कमरे से बाहर निकल जाती और सोचती कि जन्म लेना अपने बस में होता तो वह कभी एक आर्मी ऑफ़िसर के घर पैदा न होती। कभी-कभी सोचती मानव अधिकार भूलकर किस तरह माँ-बाप बच्चों को अपने क़ब्ज़े में कर लेते हैं और उसे घुटन भरी क़ैद में डाल देते हैं सिर्फ़ इसलिए कि उन्होंने सन्तानों को बड़ा किया है। उनके लिए तकलीफ़ें सहीं और क़ुर्बानी दी मगर जब वही बच्चे माँ-बाप पर विश्वास रख अपने मन की बात कहते हैं तो वे उनका साथ नहीं देते हैं। उनके लिए क़ुर्बानी नहीं देते हैं बल्कि समाज, जात-पाँत और धर्म की दुहाई देते हैं और औलादों का मानव अधिकार भूल अपना हुक्म चलाते हैं। यह कैसी विडम्बना है?

अपनी तनहाई से तंग आकर एक दिन कविता ने हिम्मत करके उसके पुराने मोबाइल पर फ़ोन किया। घंटी जाती रही मगर उठा नहीं। वह बेचैन हो उठी। एक घंटे बाद फिर फ़ोन मिलाया तो उधर से एक अजनबी आवाज़ उभरी। पता चला अब फ़ोन का नम्बर किसी और के पास चला गया है। कई तरह की आशंकाओं से मन घिर गया जिसमें न शक था न ही शिकवा लेकिन चिन्ता थी। वह कहाँ होगा, नम्बर कैसे बदला, वह ठीक तो होगा न? उसी रात उसने दो पंक्ति का पत्र लिख उस लिफ़ाफ़े को डाक के हवाले किया मगर जवाब नहीं आया।

"मुझे दिल्ली जाना चाहिए" उसने मन-ही-मन तय कर लिया और वीज़ा के लिए अप्लाई कर दिया। उसे वैसे भी जाना ही था। आख़िर वह कोठी कब तक पुराने नौकरों के हवाले छोड़ सकती थी? उसे बेचना है या रखना है या फिर उसको दिल्ली में बसना है और लन्दन को बाय-बाय करना है। ये सब बातें उससे मुलाक़ात के बाद ही तय होंगी। इस ख़याल के आते ही उसे अजीब सुकून मिला और ख़ुशी की लहरें अरसे से जमे पानी की सतह पर उठने लगीं, जिसमें पुराने चाँद का चेहरा झिलमिला उठा।

गुलाबी जाड़े की शुरुआत थी। दिल्ली एयरपोर्ट पर पहुँच उसे पुरानी गन्ध ने अपने घेरे में ले लिया। उसने गहरी-गहरी साँसें भरीं। सामान उठाते हुए उसे एयरपोर्ट बहुत सुन्दर लगा। पहले से कहीं ज़्यादा टिप-टाप। उसने बाहर निकल टैक्सी ली और कोठी की तरफ़ चल पड़ी। कोठी जैसे-जैसे पास आ रही थी उसे अपना बचपना और किशोर अवस्था याद आ रही थी। दादा-दादी के चेहरे और जाने क्या-क्या। न चाहने पर भी उसका दिल भर आया। वह अब भावुक नहीं होना चाहती थी। उसने संवेदना के स्तर पर बेशुमार पीड़ा की कलाबाज़ियाँ खाई थीं। ये आँसू उसे पीने पड़ेंगे क्योंकि अब इसकी कोई अहमियत नहीं रह गई है। जो होना था, घटना था सब गुज़र चुका है अब जो बचा है उसे सँवारना है सँजोना है।

कोठी के बन्द गेट पर टैक्सी ने हॉर्न दिया। दरवाज़ा खोलने कोई नहीं आया और टैक्सी वाले ने एक के बाद एक हॉर्न दिया तो भागने की आवाज़ आई और गेट पर खड़ी उस औरत ने कहा, “यहाँ कोई नहीं रहता कोठी बन्द पड़ी है।”

“रत्ना...गेट खोलो!” कविता ने शीशा नीचे कर कहा।

“जी? आप...हाँ छोटी मेमसाहब। ठहरिए चाबी लाती हूँ।” रत्ना चौंकी फिर बौखलाई-सी उलटे पैरों वापस गई। इस बार बलबीर चॉबी लेकर पहुँचा गेट का ताला खोलने लगा। टैक्सी अन्दर जाकर पोर्टिको में खड़ी हो गई। बलबीर ने तेज़ी से गेट बन्द किया और भागा-भागा कोठी का लॉक खोलने लगा।

धूल और हब्स का झोंका, कविता को छींकने पर मजबूर कर दिया। बलबीर परेशान लहजे में बोला, “अगर पता होता तो हम सफ़ाई करके रखते।”

टैक्सी अभी खड़ी थी। कविता ने सोचा अगर मैं एक दिन होटल में रह लूँ तो मेरे लिए बेहतर होगा। फिर कुछ सोचकर उसने टैक्सी को जाने दिया और लॉन में बना बाँस का शेड देखा और उस तरफ़ बढ़ गई।

“सफ़ाई से पहले बलवीर सारे खिड़की-दरवाज़े खोल दो।”

संगमरमर की बेंच पर बैठ उसने गहरी साँस भरी। पाँच-छह औरत-मर्द उसे सलाम करते हुए हड़बड़ाए से कोठी के अन्दर गए जिससे साफ़ ज़ाहिर था कि कमरे महीनों से बन्द पड़े हैं। रत्ना पास आकर खड़ी हुई, “आप मास्क लगाए थीं तो पहचान नहीं पाए। चाय लाएँ?”

“अभी नहीं! यह बताओ तुम सब कैसे हो?”

"ठीक है बुरा समय तो गुज़र गया। मेम साहब और साहब..." इतना कह रत्ना रोने लगी तो कविता का दिल भर आया। कोठी में छाया सन्नाटा, ख़ाली झूला और घास के बीच से उगे बेशुमार जंगली पौधे। बिजली कट चुकी थी। दुख और कठिनाइयों का वृत्तान्त बहुत लम्बा था जिसे बहुत कुछ ख़बरें उसे बताती ही रही थीं, अब उसको दोहराना फिर से काँटों पर चलना था। उसने धीमे से रत्ना से कहा, "अपने को सँभालो।"

कविता को दिल्ली आए हफ़्ता भर हुआ था जो घर को सँभालने में गुज़र गया। बीच-बीच में वह उस इनसान से मिलने का सिलसिला भी जोड़ रही थी। इतने दिनों बाद मिलने का तर्क, नहीं मिलने का कारण, ख़ैरियत न जानने की उत्सुकता, कोई फ़ोन, कोई ई-मेल कहीं कुछ नहीं फिर एकाएक यह बेताबी?

उसे घर पता था। वह कितनी बार वहाँ जा चुकी थी। उसके ज़हन में रास्ते का नक़्शा अंकित था, मसला सिर्फ़ उस तक पहुँचने का था। अब उसके वजूद की बुनियाद उसके अन्दर धँस चुकी थी। पहली जैसी बेकरारी और दीवानगी नहीं बची थी जो व्याकुल हो दीवाना कर उसकी ओर दौड़ पड़े।

"हरगिज़ नहीं, वह लड़का इस घर में क़दम नहीं रख सकता है।"

डैड की सामने लगी तसवीर से जैसे उनकी आवाज़ फूटी। उसकी गूँज इतने वर्षों बाद भी उसे साफ़ सुनाई पड़ी। मम्मी को उसकी ग़रीबी से परेशानी थी। उसकी सूरत से चिढ़ थी। उनके अपने पूर्वग्रह थे। तूफ़ान गुज़र चुका था। उसने ओला बुक की और कोठी से बाहर निकली। टैक्सी एक मामूली से घर के पास जाकर रुक गई। जब वह आगे बढ़ी तो उसने घर के दरवाज़े पर ताला पड़ा देखा। निराशा से उसने इधर-उधर ताका। दोपहर की धूप तेज़ थी। सब अपने घरों में थे। अचानक पड़ोस का दरवाज़ा खुला और एक औरत झोला लेकर बाहर निकली। कविता उसकी तरफ़ बढ़ी और हाथ के इशारे से पूछने लगी कि यह कब आएँगे?

"अब क्या आएँगे, वहाँ जाकर कोई लौटा है।" औरत ने माथे की बिन्दी ठीक करते हुए कहा।

"जी?"

"जो फ़साद हुआ था न जाफ़राबाद, शिव विहार, सीलमपुर में सब उसमें मारे गए?"

"कैसे?" कविता के हलक़ से बड़ी मुश्किल से आवाज़ निकली।

"आप कौन हैं, उनकी रिश्तेदार?"

"नहीं, मैं शारपिन की क्लासफ़ेलो रही हूँ। चार-पाँच साल से बाहर थी, दिल्ली आई तो सोचा दोस्तों से मिलती जाऊँ।"

"बहुत दुख की बात है। बैठे-बिठाए आपस में लड़वा दिया। जान गई, पैसा गया, घर जला, पकड़-धकड़ में बेक़सूर पकड़े गए, अपराधी खुले घूमते रहे और गेहूँ के साथ घुन भी पिस गया।" उस औरत के अन्दर का आक्रोश बाहर फूटने लगा।

"आप कुछ और बताएँगी?" तरल आँखों से कविता ने उस औरत से पूछा।

"मैं बाज़ार तक जा रही थी, अच्छा तो..." वह रुकी फिर बोली, "यहाँ गर्मी बहुत है अन्दर चलिए।" कहती हुई वह अधेड़ औरत ने भिड़े दरवाज़े को धक्का दिया और घर में दाख़िल हुई। घर छोटा था मगर साफ़-सुथरा था। अन्दर बच्चे पढ़ रहे थे। उसने बैठक में पहुँच कविता को बैठने को कहा, फिर पूछा, "कहिए आपको क्या जानना है?"

"शारपिन...?"

"उसकी बहन की शादी होनी थी। लड़के के घर वह सब सीलमपुर गए हुए थे। एकाएक दंगा शुरू हो गया। मेरा छोटा देवर सुरेश भी साथ गया था। वह भी मारा गया और देवरानी भी, ये दो बच्चे उसी के हैं।" इतना कह वह रोने लगी। "सब कुछ बर्बाद कर दिया दंगाइयों ने, कहाँ से आए कहाँ चले गए।"

कुछ देर वहाँ ठहरकर कविता टूटे दिल से टैक्सी में आकर बैठ गई। उसने भरी आँखों से बन्द दरवाज़े को देखा जिस पर ताला झूल रहा था। आँसू के चिटखे शीशों में ज़मीर का हँसता चेहरा उभरा और दूसरे लम्हे ख़ून में तर-बतर...टपकते आँसुओं को छुपाने के लिए उसने पर्स से गागल्स निकालकर लगाया और ड्राइवर से कहा, "वापस ले लो।"

ज़िन्दगी का यह तीसरा मोड़ था।

यह मोड़ अन्धी गली में जाकर ख़त्म हुआ था जहाँ आगे जाने का रास्ता गुम

था। कविता बिस्तर पर लेटी छत ताक रही थी। गुज़रे लम्हे कभी कुतुबमीनार तो कभी लोधी गार्डन तो कभी यूनिवर्सिटी तो कभी ताजमहल की तरफ़ ले जाते जहाँ वह शारपिन के साथ घूमती थी। उसे यक़ीन था कि डैड और मम्मी खुले दिमाग़ के लोग हैं, वह इस रिश्ते को स्वीकार करेंगे, लेकिन ऐसा हुआ नहीं और धर्म दीवार बन गया। कई स्तरों पर उसका विश्वास टूटा था। फ़साद हिन्दुस्तान के लिए कोई नई बात नहीं थी मगर इस बार का फ़साद उससे गहरे जुड़ गया था। ऐसी तबाही? उसने एक के बाद एक वीडियो देखा, लोगों की बेचारगी देखी। न यह छपी बात थी न कही बात थी, जो हो रहा था वह सब कैमरे में क़ैद हुआ था। अचानक वह बिस्तर से उठी और टहलने लगी। उसके अन्दर उबलता जज़्बात का लावा अपना निकास ढूँढ़ रहा था। टहलते-टहलते वह ड्राइंगरूम में गई। बिजली जलाई। सामने डैड की तसवीर थी। उस तसवीर के पास पहुँच वह ठहर गई। कुछ पल तसवीर देखती रही फिर धीरे से बोली, "डैड! बेशक आप हत्या और आत्महत्या से बच गए मगर आप जैसों की अलगाववादी सोच ने कितने ही बेक़सूरों को तबाह कर दिया, यहाँ तक की अपनी बेटी के गहरे लगाव को भी इस अलाव में भस्म कर दिया।"

रात-भर की जागी कविता वहीं सोफ़े पर लेट गई। सुबह के लगभग नींद ने घेरना शुरू कर दिया तो अचानक उसे अपना सपना याद आया और वह क़ब्रिस्तान! वह हड़बड़ाकर उठ बैठी। वह औरत जो ज़हन के दरीचे से ग़ायब हो चुकी थी, एकाएक यादों की भूल-भुलैया से वारिद हुई। उसे याद आया वह ज़मीर की दादी थीं जिन्होंने उसके माथे का चुम्बन लिया था। नींद का ख़ुमार उड़ चुका था। पानी में डूबने का अहसास हुआ जो सर से ऊँचा हो चुका था।

सबूत

"उ पालिटिक्स बा इ सच्चाई बा!"

ज़ुबैर की चकराहट इस जवाब से कम नहीं हुई थी बल्कि उन व्यथित दिनों को जिन्हें वह भूल चुका था उसकी याद ताज़ा कर गई। यह उन दिनों की बात है जब गाय के मीट को लेकर देश में हंगामा-सा बरपा था। हर जगह पकड़-धकड़, छापा, मारपीट और हत्याओं का बाज़ार गर्म था। ख़ौफ़ के मारे घर में मुर्ग़ा और मछली भी नहीं आती थी। बकरे का गोश्त तो बहुत दूर की बात थी। इस शोर-शराबे में भेजा सबका हिला हुआ था। बचपन से जो आदतें सहज रूप से अपना ली गई थीं वे हमारी दिनचर्या का अटूट हिस्सा बन चुकी थीं, उन्हें एकाएक छोड़ देना कैसे मुमकिन था? बूचड़ख़ाने बन्द हो रहे थे क़स्साबों को अपना भविष्य अँधेरे में डूबा नज़र आ रहा था। ठीक उसी तरह जैसे कबाब वालों की दुकानों पर ताले पड़ गए थे, ख़्वाचे वाले ग़ायब थे, ज़बान का स्वाद मर चुका था! बल्कि सच कहा जाए तो वह तरंग ख़त्म हो गई थी जो तरह-तरह के व्यंजन खाकर रगों में दौड़ती महसूस होती थी।

इन दिनों बन्द हो रही दुकानदारों की आमदनी तो भुखमरी तक पहुँच रही थी, ऊपर से बेकारी के आँकड़ों में वृद्धि हो रही थी मगर सरकार कह रही थी नये रोज़गार वह मुहैया करा रही है और चन्द वर्षों में बेकारी की दर नीचे आ जाएगी। इसी बात को लेकर चाय की दुकान पर बैठे लोग गुत्थी सुलझाने में लगे हुए थे। एक ख़बर और थी जिसका ज़िक्र हुआ मगर उस पर बात ज़्यादा टिक नहीं पाई। वह थी शाकाहारी व्यंजनों की जो स्वाद में वही मज़ा दें जो मीट के व्यंजन देते हैं। प्रयोग शुरू हो गए और नये कारोबार करनेवाले रसोइये वजूद में आने लगे। बात

ज़रा-सी थी मगर ध्यान किसी का उधर नहीं जा पा रहा था कि गिलास ऊपर से देखो तो आधा भरा और नीचे से देखो तो आधा ख़ाली।

कुछ दिनों बाद यह जमघट भी उजड़ने लगा और ज़बान पर रोक लग गई। बोलने का समय कहाँ था। इतनी ख़बरें, इतनी घटनाएँ, इतने क़ानून, इतने वक्तव्य, इतने वायदे, इतनी आलोचनाएँ इतनी तारीफ़ें और पिछले पचहत्तर वर्षों की खुदाई में तबाही को तलाश करने की कोशिशें, चलचित्र की तरह गुज़र रही थीं। जाने कैसी हवा चली जो संयत व सन्तुलित प्रकृति के थे, एकाएक उनके दिल व दिमाग़ का तवाज़ुन बिगड़ गया और उनके अन्दर से उनका दूसरा रूप प्रकट हो गया और वह दूसरे के धर्मों का खोजी वीडियो डालने लगे, चैनलों पर विचार व्यक्त करनेवालों में मारपीट, गाली-गलौज शुरू हो गई। ग़रज़ कि देश देगची के पानी की तरह उबलने लगा था। संसार भी इस हाहाकार में कैसे ख़ामोश रहता, वह भी टीका-टिप्पणी करने लगा। उसी में विकास योजनाओं को लेकर अनुबन्ध और विश्व स्तर पर यात्राओं का सिलसिला जारी था। यानी कि तीव्र गति की ट्रेनें एक-दूसरे को क्रॉस करने लगीं। किशोर बौखलाए हुए थे कि वह क्या देखें और क्या सुनें, क्या सच है और क्या झूठ। उनके घरों में भी एक साथ तीन-तीन विचारधाराओं की टकराहटें चल रही थीं। नाना-नानी, दादी-दादा की सोच अलग माँ-बाप की उनसे अलग और बड़े भाई-बहनों की उन दोनों से अलग, ग़रज़ कि अन्दर-बाहर दोनों जगह शोर ही शोर था, इस शोर में दाल पनीली, सब्ज़ी ग़ायब की फीकी बदमज़ा परोसी थाली की तरफ़ किसी का ध्यान नहीं जाता था, बस किसी तरह ज़हर मारकर पेट भर जाता बिना इस बात की खोज-ख़बर के आख़िर नोटबन्दी की तरह किचन से सब खाद्य सामग्री कहाँ ग़ायब होती जा रही है।

इन सारे उठा-पटक, सारे शोर-शराबे के बीच समय दिन, सप्ताह, माह और वर्ष को पार करता आगे बढ़ रहा था। वह अब सामने जो सच देख रहा था, वह क्या था, सपना या हक़ीक़त? उसके सारे बदन में झुरझुरी-सी दौड़ गई और दिल धड़क उठा किसी अनहोनी के भय से मगर सुनने को मिला—"डर काहे का? यही तो सच है जीवन की गाड़ी तो घसीटनी पड़ती है।"

"क़ानून का सम्मान भी तो कोई चीज़ है चाचा?"

"क़ानून अगर रोटी नहीं दे सकता तो काहे का क़ानून बाबू?"

"पुलिस?"

"यहाँ किसी की नहीं चलती है, बस पेट की चलती है और जब बाज़ार में डिमांड हो तो उसकी पूर्ति तो करेंगे न बाबू।" उसने घबराकर देखा सामने खेतों के बीच चौड़ी पगडंडी से गायों की कतारें चली आ रही हैं और रुकने का नाम नहीं ले रही हैं।

"यूपी से।"

"काहे यूपी से बिहार आती हैं?"

"काहे का तो हमें नहीं पता बस इतना जानते हैं वहाँ टाँका जुड़ा हुआ है। आवारा गायों को गौशाला के नाम पर हमारे पंडित जी बॉर्डर पार करा के यहाँ ले आते हैं और उनको ख़रीदकर डिमांड पूरी हो जाती हैं।"

"बकरी, भेड़ भी तो हैं?"

"हैं तो, यह भी तो हैं।"

"साल-भर चाचा ऐसा ही चलता है क्या?"

"नहीं, त्योहार के तीन दिन ऊपर से ब्याह, शादी, कमाई हरदम थोड़ी होती है।"

सुनकर वह सन्नाटे में आ गया। वह घबराया-सा चुपचाप जाकर पेड़ की छाँव में बैठ गया। गायों के पैरों को आगे बढ़ता देख रहा था और सोच रहा था।

"पंडित, गौहत्या, भूख, कारोबार, क़स्साब, बाज़ार और उसे बचपन में लिखवाया मास्टर जी का वाक्य याद आया जो उन्होंने किसी लड़के की कॉपी चेक करते हुए कान उमेठकर कहा था—

"यह तूने निबन्ध लिखा है, गाय हमारी माता है, बस! उस दिन क्या बताया था? दिमाग़ बिलकुल ख़ाली।" फिर ग़ुस्से में बोले थे, "गाय हमारी माता है, हमको कुछ नहीं आता है।"

उसे याद है कि उसने लिखा था कि गाय माता हमारा पालन-पोषण करती है, वह हमको दूध देती है, बैल देती है जिसकी मदद से किसान हल जोतता है। हमें अनाज मिलता है। गाय-माता के सींग से बटन बनता है और...पशुओं के शिकार से लेकर हलाल तक पहुँचने की प्रक्रिया के बीच कितनी पीढ़ियाँ गुज़र गईं। जानवरों की बलि चढ़ाना, क़ुर्बानी में जानवर की गर्दन पर छुरी फेरना और धर्म व मान्यताओं से हटकर जब दो देश एक-दूसरे के आमने-सामने खड़े हो जाते

हैं तो एक इनसान दूसरे इनसान को अपनी मातृभूमि की रक्षा के लिए मूली-गाजर की तरह काट फेंकता है। थोड़े से पैसे, कभी अपने लाभ के लिए बड़ी आसानी से एक भरे-पूरे परिवार वाले इनसान का गला रेत देता है या फिर सुपारी दे बैठता है या फिरौती की माँग करवाता है, यह सब क्या है? क्या ज़िन्दगी की हर पर्त को हम उम्र के बढ़ने के साथ देखते हैं और ये पर्तें कभी ख़त्म नहीं होती हैं। पिछले चन्द वर्षों में हमने कितनी पर्तों को देखा, यह अनुभव हमें कहाँ ले जाकर छोड़ेगा?

वह अपना सर पकड़े बैठा था। गाय उसी चाल से रास्ता तय कर रही थीं। सूरज तिरछा हो गया था। कूड़ा खाती, प्लास्टिक निगलती, सड़कों पर भटकती, भूखी-प्यासी गाएँ ट्रकों से उतरतीं, अब यहाँ लाई जा रही थीं जहाँ उन्हें अपनी उपेक्षित ज़िन्दगी से मुक्ति मिलनेवाली थी। अगर ऐसा न हो तो बूढ़ी गायों की संख्या भारत की जनसंख्या की तरह बढ़ती जाएगी। अचानक उसे ख़याल आया कि भारतवर्ष में इतने जंगल हैं वहाँ इन्हें ले जाकर छोड़ क्यों नहीं दिया जाता है? कम-से-कम घास चरेंगी और फिर मौत आने पर अपनी मौत मरेंगी। मरने के बाद सियार, गिद्ध और कौवों का भोजन बन जाएँगी। यानी कि वहाँ भी उनका अन्त वही होगा बस फ़र्क़ यह है कि इसे इनसान काटकर न खाएँ। एतराज़ इनसानों पर है जानवरों से शिकायत नहीं है। उसके सर में अचानक करेंट-सा दौड़ा।

"उ पालिटिक्स बा, इ यहाँ की सच्चाई बा?"

उसे याद आईं आन्ध्र प्रदेश और राजस्थान की गौशालाएँ जहाँ भूख और बालू के मिट्टी में धँसने से सैकड़ों गायों की बेबसी-भरी मौतें हुई थीं और गाय का पुतला गुब्बारे की तरह उड़ानेवाले को पुलिस पकड़ने पहुँच गई थी। समय की इन घटनाओं से वह क्या सीखे और क्या समझे? कौन-से पाले में खड़ा हो या फिर कबड्डी के खेल का मूक दर्शक बन जाए।

जहाँ वह बैठा था वहाँ मच्छरों ने उसे भभोड़ना शुरू कर दिया था। वह अब यहाँ बैठ नहीं सकता था। सूरज भी पेड़ों के पीछे छुपने लगा था। वह अपनी जगह से उठा और खेत की मेंड़ के ऊपर से चलता हुआ घर की तरफ़ बढ़ा जहाँ वह लखनऊ से ताया की बेटे की शादी में आया हुआ था। घर के क़रीब पहुँचते हुए उसे गाने की आवाज़ सुनाई देने लगी थी। शायद कोई रस्म चल रही थी। वह भी धीरे-धीरे चलता हुआ उधर की तरफ़ बढ़ा जहाँ चारपाई, तख़्त और कुर्सियों पर बैठे

लोग गप्पें मार रहे थे। कुछ खाना-पीना भी चल रहा था। जिधर वह जाकर बैठा था वहाँ दहेज़ में मिली मोटर, नक़द रुपयों की बात चल रही थी। लड़की वाले बहुत पैसे वाले थे। उनकी शर्त थी कि लड़की गाँव में नहीं रहेगी और दूसरे उससे नौकरी नहीं छुड़वानी है। दोनों बातें मान ली गई थीं। लड़का भी शहर मुम्बई में नौकरी कर रहा था जहाँ लड़की रहती थी। इंटरनेट की पहचान दोस्ती फिर मुहब्बत और अब ब्याह में बदलनेवाली थी। मुम्बई और इस निपट पिछड़े गाँव की दूरियाँ दो इनसानों के बीच तकनीक ने कम कर उन्हें क़रीब ला दिया था।

कुछ खाने-पीने का दिल उसका नहीं चाह रहा था। रात का खाना शानदार और मज़ेदार बना था, सुगन्ध से हवा बोझिल थी लेकिन उसकी भूख जैसे मर गई थी। तबीयत ख़राब होने का बहाना कर वह ऊपर छत पर बिछे बिस्तरों में से एक पर कोने में जाकर लेट गया। जाने कैसे ज़हन में नानी का घर उभरा। वह होगा आठ-दस साल का, ननिहाल में पड़ोस के घर मिश्रा चाचा के यहाँ गाय पली थी, उसने एक प्यारी-सी बछिया को जन्म दिया था। वह उसके साथ खेलता, उसे प्यार करता था। एक दिन सुबह उठा और उठते ही बछिया की तरफ़ भागा जहाँ वह सफ़ेद काली आँखों वाली उसकी बछिया बुरी तरह से पिट रही थी और गाय अजीब-सी आवाज़ें निकाल रही थी वह घर की चौखट पर ठिठककर खड़ा हो गया था। दिल ज़ोर से धड़कने लगा था। छोटी-सी बछिया ज़मीन पर बेसुध पड़ गई तो मारनेवाले ने हाथ के थप्पड़ों को रोक, पास पड़ी पेड़ की टहनी ज़मीन से उठाई और चीख़े, "किसने बछिया खोली थी?"

उनके घर में सन्नाटा छाया रहा। पिटने को कोई तैयार न था। सबके चेहरों पर नागवारी के भाव छलक रहे थे। उसको कुछ समझ में नहीं आया। वह रुआँसा-सा लौटकर बिस्तर पर आकर चुपचाप लेट गया और आँखें बन्द कर लीं, मगर कान खुले थे। बछिया माँ का दूध पी गई थी और थन में न के बराबर दूध बचा था। आज उनके किसी ग्राहक के यहाँ कोई उत्सव था जहाँ उन्हें दूध पहुँचाना था। माँ कमरे में रोते हुए छोटे भाई को लेकर आई और बिस्तर के किनारे बैठ उसे दूध पिलाने लगी। तभी नानी ने उन्हें आवाज़ दी तो पास बैठी छोटी बहन से वह बोली, "जाकर कहना भैया दूध पी रहा है।"

यह सुनते ही उसके बदन में जैसे करेंट दौड़ गया और वह उठकर बैठ गया। कुछ पल माँ के चेहरे को देखता रहा फिर धीरे से बोला, "अम्माँ, गाय का बच्चा क्या अपनी माँ का दूध नहीं पी सकता है क्या?"

माँ ने चौंककर बेटे की तरफ़ देखा। पहले तो चुप रहीं फिर बेटे ने जब उनका बाज़ू हिलाया तो उन्होंने गर्दन हाँ में हिला दी।

"तो फिर उसे मारा क्यों अम्माँ?"

"दूध के लिए ही तो उन्होंने गाय पाली है न।"

"हाँ, मगर वह अपनी माँ का ही तो दूध पी रहा था फिर उसे मारना नहीं चाहिए था।"

"तुम ठीक कहते हो, ग़लत किया उन्होंने।" माँ इतना कहकर चुप हो गई। सुबह उसने नाश्ते में थोड़ा-सा कुछ खाया और दूध पीने से इनकार कर दिया। उसके हलक़ में कुछ अटक रहा था। कुछ बाहर आना चाहता था। वह चुपचाप घर से निकला और पड़ोस के गाय के छप्पर के पास जाकर खड़ा हो गया। फिर धीरे-धीरे वह ज़मीन पर पड़ी बछिया के पास गया और उसका बदन सहलाने लगा। उसका बदन स्पर्श पाकर हिला और वह उठकर खड़ी होने की कोशिश करने लगी। उसने बछिया के मुँह पर प्यार किया और उसके गले में बाँहें डाल दीं तो वह उसे चाटने लगी। पास बैठी गाय चुपचाप बैठी थी। उसने सुबह से नाँद में मुँह नहीं डाला था। आसमान पर खिले तारे और यादों के गुज़रते क़ाफ़िले को देखते-देखते जाने कब उसे नींद आ गई।

तीन दिनों तक दावतों का दौर चलता रहा। आस-पास के गाँवों से ठाकुरों का आना भी बड़ी संख्या में हुआ। इस इलाक़े के हिन्दू-मुसलमानों के बीच आज से नहीं पीढ़ियों से यह रस्म चली आ रही है कि वे न सिर्फ़ एक-दूसरे के ब्याह-शादी में महत्त्वपूर्ण भूमिका निभाते हैं बल्कि हर तरह की व्यवस्था में सहायता भी करते हैं। पंडितों के लिए शाकाहारी पकवान भी बनते हैं। किशोर जुबेर यह सब देख-समझ रहा था। वह पहली बार बाप के साथ यहाँ रिश्तेदारी में आया था। स्कूल में छुट्टी भी थी।

उसे याद आ रहा था, लगभग दो साल पहले उसके अब्बा घर के लिए गाय ख़रीदने गए थे। घर में जब से दोनों जवान गाएँ मय बछड़ों के साँप काटने से मरी

थीं, उससे सबका दिल दुखा हुआ था। दूध बिकना बन्द हो गया और हाथ तंग। किसी तरह पैसे का जुगाड़ बना चचा और अब्बा मवेशी बाज़ार जाने को तैयार हुए और लौटते हुए दो सुन्दर सी गाएँ लाने का वायदा हम सबसे कर गए। घर में एक ख़ुशी-सी फैल गई थी। अम्माँ और फूफी ने सूने छप्पर के नीचे का हिस्सा साफ़ कर लिपाई की और भूसा घर ठीक किया तो हम तीनों बहन-भाई भी पास के मैदान से घास उखाड़ने दौड़ गए। जैसे-जैसे सूरज ढल रहा था वैसे-वैसे सबकी आँखों में गाय देखने की बेताबी बढ़ रही थी।

शाम ढल गई। सबके मुँह लटक गए। अम्माँ और दादी को चिन्ता-सी लग गई तभी पड़ोसी दशरथ काका परेशान से आए और जो ख़बर उन्होंने दी वह हम सबको सुन्न करनेवाली थी।

"अरे, ग़ज़ब हो गया। वे दोनों भाई हवालात में हैं। अभी-अभी उनका फ़ोन मेरे पास आया था।"

"हुआ क्या?" घबराई-सी अम्माँ बोलीं। जो दशरथ चाचा ने बताया वह हम सबको अजीब सा लगा। हुआ यूँ कि जब चाचा व अब्बा ख़ुशी-ख़ुशी गाय ख़रीदकर गाँव लौट रहे थे तो रास्ते में कट्टा लिये दो हट्टे-कट्टे मुँह पर अँगोछा लपेटे मिले और मार-पीटकर गाएँ छीन ले गए। जब ये दोनों थाना शिकायत करने पहुँचे तो उलटा उन पर आरोप लग गया।

अब्बा और चाचा के लाख सफ़ाई देने के बाद कि हमने पालने के लिए गाय ख़रीदी थी उन्हें यक़ीन नहीं आया। गाय तो छिनी ऊपर से बन्द भी हो गए। गाँव के बाक़ी ग्वालों ने आपस में सलाह-मशविरा किया और दूर का थाना जहाँ करीम और शरीफ़ बन्द हुए थे जाने को सोचा ताकि मामला सुलझाकर उन दोनों को छुड़ा लाएँ। मोटरसाइकिलों पर वह चल पड़े। हवालात में बन्द करीम व शरीफ़ जी भरकर पिट-पिटाकर लाचार-से बैठे थे। गाँव वालों को अचानक वहाँ देख उनकी ढाढ़स बँधी। बात जब पुलिस व उन ग्वालों के बीच हुई तो पुलिस वाले ने अकड़ते हुए कहा, "भई, अपराधी को सज़ा मिलना ही है।"

"मगर साहब, अपराधी तो वह हैं जो गाय छीनकर ले गए हैं।"

"उन्होंने छीना नहीं तुम जैसे हत्यारों से बचाया है।"

"आप जो कह रहे हैं ठीक है मगर हमारी एफआईआर तो लिखिए।"

"सबूत क्या है तुम लोगों के पास कि ये चिकवे नहीं ग्वाले हैं और जो कह रहे हैं सच कह रहे हैं? पुलिस वाला भड़क उठा।

"हम ग्वाले हैं दूध बेचकर ही हम अपना परिवार पालते हैं। आपको कोई ग़लतफ़हमी हुई है। सारा गाँव जानता है कि ये दोनों नई गाय ख़रीदने गए थे। जिनसे ख़रीदी है उनका फ़ोन नम्बर मिला देते हैं।"

"ठीक है।" इतना कहकर उनकी आपस में धीरे-धीरे बात हुई और हज़ार रुपये तय पाया। लेकर वे दोनों छोड़ दिए गए। इस भारी चपत से माली तौर पर दोनों टूट से गए और समय संगीन है इस चिन्ता से भाई उबर नहीं पाए, कुछ माह बाद शरीफ़ ने डर के मारे अपनी पाँचों गाएँ बेच दीं और काम की तलाश में शहर की तरफ़ चला गया जहाँ उसकी बीवी का बड़ा भाई किसी ऑफ़िस में क्लर्क लगा हुआ था। अपना धन्धा वह भी ख़ानदानी, केवल इन दोनों भाइयों को छोड़ना नहीं अखरा बल्कि एक-दो और ग्वालों को भी भय लगा जो इस घटना से हिल गए थे।

शादी ख़त्म हुई। मेहमान वापस जाने लगे। दोनों बाप-बेटे भी जाने की तैयारी करने लगे। रिश्तेदारों की शादी थी आना भी ज़रूरी था।

ज़ुबैर जितना सोचकर आया था कि शादी के पकवान खाएगा, ख़ूब मज़ा करेगा, दूल्हा-दुल्हन को देखेगा, ऐसा कुछ नहीं हुआ उलटा उसका दिल व दिमाग़ अनेक तरह के सवालों से घिर गया और कोई अनहोनी होने की घबराहट से वह बेहाल था। लौटते हुए उसे यक़ीन था कि वह फिर उस दुखदायी दृश्य को देखेगा जहाँ सूखी मरियल बूढ़ी गाएँ लड़खड़ाती, डगमगाती, कच्चे रास्ते को तय करती हुई नज़र आएँगी। अब्बा उसे देखेंगे। इस ख़याल के आते ही उसने घबराकर आँखें बन्द कर लीं। रास्ता सूना था जिस पर मोटरसाइकिल दौड़ रही थी। कोई आहट न पाकर उसने आँखें खोलीं तो देखा वहाँ खेतों के अलावा कुछ न था। न कोई निशानी न कोई सबूत!

शीराज़ लोहार

मोहल्ले में चोरी हुए कई दिन गुज़र गए थे मगर वायदे के मुताबिक़ अभी तक कोई भी लोहार खिड़की का जँगला ठीक करने नहीं पहुँचा था। लोहार कम थे और चोरियाँ घर-घर हुई थीं सिर्फ़ यह एक वजह नहीं थी बल्कि बुलडोज़र ने जो अतिक्रमण हटाया था उसमें वह खिड़कियाँ-दरवाज़े भी चपेट में आ गए थे जो इस डायनासोर को देखकर ऐसा दहल जाते कि वह भी काँपते-काँपते धराशायी हो जाते थे। ऊपर से चार-पाँच मंज़िला मकान जो दो माह में खड़े हो जाते और वहाँ भी काम ही काम होता। एक लोहार ज़रा मुँहफट था इसलिए कह उठा, "एक खिड़की के लिए कौन इतनी दूर जाता है।"

दिन लोहार के इन्तज़ार में कटता और रात चोर के इन्तज़ार में, जिससे लोग जागते रहते। यह मामूली बात न थी कि जो लोहा मुहावरे में आकर अपनी धाक बरसों से जमाए हुए था वह बिना किसी आवाज़ के अपनी गर्दन कटवा बैठा। तकनीक हर क्षेत्र में झंडे गाड़ रही है तो फिर चोर क्यों पीछे रहते, बिना शोर, बिना आवाज़ के ग्रिल कटती रही और लोग सोते रहे और पुलिस को कोई सुराग नहीं मिला। घर के सामने एक लोहार की दुकान थी, दिन-भर ठोंका-पीटी चलती रहती थी। मकान मालिक के लगातार किराया बढ़ाने से वह तंग आकर चला गया था और सबने शुक्र अदा किया था कि अब सर दर्द की गोलियाँ खानी नहीं पड़ेंगी। आज उसकी ठोंक-पीट सबको याद आ रही थी कि अगर वह होता तो चुटकियों में सबकी समस्या हल कर देता लेकिन गया वक़्त कहाँ लौटता है।

हफ़्ता गुज़र गया।

नवें दिन आख़िर एक लोहार पकड़ में आ गया। उसने खिड़की का मुआयना कर बता दिया कि ग्रिल आधी काटकर वह जोड़ लगा देगा। सीधी करने में सफ़ाई नहीं आएगी, अब बात आई पेमेंट की, पूछे जाने पर बोला, बारह सौ।

"कुछ ज़्यादा नहीं है?" मैंने कहा।

"हज़ार दे दीजिएगा।"

उसने जिस लापरवाही से कहा तो मुझे उसे ग़ौर से देखना पड़ा। उसका रंग गहरा साँवला, आँखें मिची हुईं पता नहीं थकन से या फिर काम से, बाल बिखरे किसी शायर की तरह, मजनूँ की जुनूनी कैफ़ियत जो मेहनतकशों के हावभाव से अक्सर टपकती है। मैंने लैपटॉप पर उँगली चलानी बन्द कर दी, और पूछा, "तुम्हारा नाम क्या है?

"शीराज़।"

"कितना पढ़े-लिखे हो?" अब मेरी दिलचस्पी उसमें बढ़ गई थी।

"के.जी. पास हूँ।" उसके जवाब की मासूमियत महसूस कर मैं मुस्कुराया तो वह मुड़ते हुए बोला, "जनाब, बातें मैं सब समझता हूँ...कल लंच के बाद आकर खिड़की ठीक कर दूँगा। काम ठीक करूँगा शिकायत नहीं होगी।"

तभी नूरबानो मेरे इशारे पर ट्रे में पानी और पेठे का एक टुकड़ा लेकर आ गईं।

"यह क्या है?" उसने ताज्जुब से पूछा।

"अरे गर्मी भी तो देखो, छाती फाड़कर पड़ रही है।" नूरबानो ही उसे कहीं से ढूँढ़कर लाई थीं।

छोटे बेटे से मैंने कहा, "बाक़ी मरम्मत जहाँ-जहाँ बाक़ी है वह जगहें दिखा दो ताकि मशीन और कटर एक बार लाने का झंझट हो।"

"कल तो आ ही रहा हूँ, अभी मैं कुछ जल्दी में हूँ।"

"ठीक है मगर लगनेवाला लोहा पहले मैं देखूँगी।"

"ठीक है।"

वह चला गया। मैंने भी राहत की साँस ली। जिस कमरे में चोर घुसे थे वहाँ ज़्यादा सामान नहीं था या फिर जो पुराने लैपटॉप व की बोर्ड और दूसरी चीज़ें पड़ी थीं उनके किसी काम का न था सो वह सब सलामत रहा मगर पड़ोस के घर से नौ

लाख नगद लोहे की अलमारी काट के ले गए। पुलिस आई मगर हफ़्ता गुज़र गया कुछ पता नहीं लगा पाई। दूसरे दिन वह आया तो अपने साथ लोहे की दो छोटी-छोटी सी चपटी छड़ें लाया था। उसे देखकर मुझे ताज्जुब हुआ कि आख़िर कितनी कम जगह में चोर घुसे थे? मेरे चेहरे के भाव बदलते देख वह बोला, "खिड़की सीधी करने को तो की जा सकती है मगर, काम मज़बूत नहीं होगा।"

"ठीक है...लगा दो खिड़की में।" पाँच मिनट में वह नीचे आया और बेटे ने बताया, "काम सफ़ाई से हुआ है, कुछ छोटे टुकड़े अलबत्ता उन्होंने टेढ़ी ग्रिल से निकाल दिए हैं। अचानक मेरे दिमाग़ में ख़याल कौंधा कि पहले आए लोहार जो देखकर गए पलटे नहीं उन्होंने तो दो-ढाई हज़ार कहे थे। बेशक वह लुटेरे थे मगर यह भी कोई कम नहीं निकले।

घर में मरम्मत की जगहों को देखकर जब वह मेरे पास पहुँचा तो मैं सावधान हो चुका था।

"तुम्हारा काम कैसा चल रहा है आजकल?"

"ठीक-ठाक!"

"यह जो मस्जिद में फौवारे को लेकर बातें चल रही हैं उसका क्या असर है तुम्हारी तरफ़?"

"पता नहीं, सियासी मामला है नेता जानें।" उसने झटके से कहा, कुछ सेकेंड ख़ामोशी रही।

"अच्छा, शीराज़! तुम अपना घर समझकर काम करना और दाम ऐसा बताना जो न कम हो न ज़्यादा। न तुम्हारा दिल दुखे न हमारा..."

"मैंने जो बारह सौ बताए उससे आपका दिल दुखा?"

"मैं तो हर उस बात के ख़िलाफ़ हूँ जिसमें दूसरों का अधिकार कम हो, इसलिए मैं मुसलमान कारीगरों को चांस देता हूँ जबसे उन्हें काम न देने की मुहिम कुछ मूर्खों ने चलाई है।"

"मैं तो उनके यहाँ काम ही नहीं करता जो हिन्दू-मुसलमान करते हैं," इतना कह वह मुड़ा और बोला, "जुमे की नमाज़ के बाद आऊँगा, सारा काम कर जाऊँगा। पैसे इकट्ठा लूँगा।"

"आओगे?" मैंने शंका से पूछा क्योंकि मेरा तीर ग़लत निशाने पर लग चुका था।

"मैने पिछली बार जो आपसे कहा था उसी टाइम पर आया था।" इतना कहकर वह आगे बढ़ा तो मैंने पूछा, "तुम मेरी बात समझ गए हो न तुम्हारी जगह कोई और भी होता तो मैं उसका ही साथ देता।"

उसने गर्दन 'हाँ' में हिलाई। मैंने बारह सौ रुपये बेटे को दिए मगर उसने लौटकर कहा, "वह तो चले गए।"

"चले गए? पुकारा नहीं?"

"वह तो कहीं दिखे ही नहीं," बेटे ने हँसकर कहा और मैं समझ गया कि मैंने उसकी दुखती नब्ज़ पर उँगली रख दी अब वह कभी नहीं आएगा।

मेरी शंका यक़ीन में बदलने लगी जब वह दूसरे दिन नहीं आया। चूँकि घर में कोई औरत नहीं इसलिए इस मजबूरी में सभी काम मैं देखता हूँ। दूसरी कमज़ोरी मेरी यह है कि कामगारों से बात करने का मुझे बहुत शौक़ है, दरअसल वह समाज की ऐसी धमनी है जिसमें समाज का असली चेहरा दिखाई देता है। हर देश के बहुसंख्यक तो यही लोग हैं जो मेहनतकश हैं, हमारी सुख-सुविधा का ख़याल रखते हैं मगर हम उन्हें मौक़ा मिलते ही निचोड़ने लगते हैं। मुझ जैसा इनसान भी जो इस वर्ग से हमदर्दी रखता है वह भी अपने जेब के दबाव में उनसे मोलभाव पर उतर आता है।

"नूरबानो, लोहार आया नहीं। आज चार-पाँच दिन गुज़र गए हैं ज़रा ख़बर लेकर आइए।"

"साहब, मैं तो उसे जानती नहीं बस कभी-कभार उधर डॉक्टर को दिखाने जाती हूँ तो उसकी दुकान पर नज़र पड़ जाती थी। कहीं निकल गया होगा दूर काम के लिए..." नूरबानो उसी तन्मयता से झाड़ू लगाती रही हैं जैसे कुछ हुआ न हो, जबकि मेरी उलझन छत के दरवाज़े का कुंडा टूटने की भी थी।

"पैसा भी तो बाक़ी है उसका?" मैंने कहा।

"कह के तो गया था इकट्ठा लूँगा, वैसे भी काम करनेवाले पैसा नहीं छोड़ते हैं वह आएगा।" नूरबानो हँस दीं जैसे मैं भी उनका संकेत भविष्य के लिए समझ लूँ।

कई दिनों बाद घर की घंटी बजी। पता चला शीराज़ आए हैं। मैंने कमरे का पर्दा हटाया। शीराज़ आज बिलकुल अलग हुलिया में थे। सफ़ेद बेदाग़ पैंट और उस

पर ख़ुशरंग नीली शर्ट, आँखों पर काला चश्मा और हाथ में वेल्डिंग मशीन लिये बड़े स्टाइल से वह दरवाज़े की तरफ़ बढ़ रहे थे जैसे हाथ में कैमरा हो। मुझसे रहा नहीं गया, आख़िर मेरे अन्दर की जिज्ञासु गृहस्थन जाग गई थी। पिछले पन्द्रह वर्षों से मर्द होकर भी मैं औरत की सारी ज़िम्मेदारियाँ निभा रहा था। मैं कमरे से बाहर निकला। गर्मी ग़ज़ब की थी। ठंडे कमरे से निकलते ही तपिश का पहला चाँटा मेरे चेहरे पर पड़ा। आगे बढ़कर छाँव में पड़ी कुर्सी पर जाकर बैठ गया। आहट पाकर वह मुड़ा। उड़ती लाल चिंगारियाँ ख़ामोश हो गईं।

"आपको नहीं लगता शीराज़ की समय के साथ लोहे की क्वालिटी भी घट रही है जैसे इनसानों की...।"

"नहीं, आपके दरवाज़े की शीट बहुत पतली है जो हवा-पानी से मार खा गई वरना यह देखें लोहा जिसका टाँका लगा रहा हूँ कितनी भारी है!" उसने यह कहकर दूसरी चौकोर शीट मुझे थमाई जो वाक़ई बहुत सालिड थी।"

"आप यहाँ कहाँ बैठे हैं, बहुत गर्मी है, आप चलें, काम तो मैं समझ चुका हूँ।" इतना कहकर उसने वेल्डिंग मशीन का बटन दबाया, लाल चिंगारियाँ अनार की तरह बिखरने लगीं। मैं कमरे में वापस लौट आया इस ख़याल के साथ कि सिर्फ़ सियासत ही नहीं हम जैसे संवेदनशील लोग भी हमदर्दी में कुछ ग़ैर-ज़रूरी हस्तक्षेप कर बैठते हैं बिना जाने हुए कि समय को जैसे मैं तौल रहा हूँ वैसे ही दूसरा भी देख-सुन रहा होगा। वह अपना मेहनताना लेकर चलने लगा, जाते-जाते उसने एक भरपूर नज़र मुझ पर डाली। उसकी थकी अधमुंदी आँखों से मेरी नज़रें टकराईं तो लगा जैसे वह कह रहा हो, "यह तो लोहा है, इनसान तो हर तरह के मौसम झेलने की ताक़त रखता है।" मेरे अन्दर कुछ घुमड़ा, मेरी आँखें उसकी पीठ पर जम गईं जैसे वहाँ लिखा हो कि हम मेहनतकशों को इतनी फ़ुर्सत कहाँ जो तिल का पहाड़ बनाएँ और ग़ैर-ज़रूरी दलीलें पेश करें।

फुलवा

फुलवा का पेट जो पहले तीन बार भरता था ख़र्च बढ़ने के बाद अब दो बार भरने लगा था। उसने कभी नहीं सोचा था कि वह कभी एक वक़्त भी खाना खाकर गुज़ारा कर सकती है। लेकिन फुलवा के सोचने से क्या होता है समय ने उसकी ख़ुराक़ तय करनी थी सो हालात वैसे बन जाते थे।

पति के मरने के बाद फुलवा जब ससुराल के अत्याचार न सह सकी तो मायके भाग गई। वहाँ साल-भर भी नहीं गुज़रा था कि भाभी ने सास के मरते ही तेवर बदल लिये और बार-बार यह जुमला दोहराने लगी कि लड़की का मायका तब तक रहता है जब तक उसकी माँ ज़िन्दा रहती है मगर ब्याहता भाई के घर आकर रहना वैसा ही जैसे कोई बहन के घर जाकर कोई भाई रहने लग जाए। जवान फुलवा के लिए यह जुमले वही जलन पैदा करते थे जब बचपन में मिट्टी के चूल्हे पर पहली बार रोटी सेंकते हुए ग़लती से उसकी उँगलियाँ गर्म तवे पर पड़ गई थीं। छाले उभर आए थे। माँ ने नारियल का तेल लगा फूँककर उसके दर्द की सोज़िश को कम किया था मगर वह काम भाई नहीं कर सकता था। उससे कहना बेकार था। वह पहले भी कौन-सी उसकी परवाह करता था जो अब उसकी बात सुन पत्नी को समझाएगा?

फुलवा के लिए घर की चौखट या कहो गाँव के बाहर की दुनिया अजनबी थी। मायके से ससुराल का रास्ता उसे पता था। दोनों ही जगहों को वह अच्छी तरह जानती थी। यह भी जानती थी कि माँ और शौहर के बहुत से ऐसे जाननेवाले थे

जिनके घर वह जाकर सहायता माँग सकती थी मगर रह नहीं सकती थी। गाँव की बात थी, दूसरों के मामलों में टाँग अड़ाना कोई नहीं चाहता, आख़िर सबको एक साथ मेल-जोल से रहना है। किसी घर निकाले को सहारा देने से मन में खटास आ जाती है। इसी उधेड़बुन में कि वह कहाँ जाए कैसे घर से निकले उसे रात को नींद नहीं आती थी। जब सोचते-सोचते थक जाती तो बेबस होकर रोने लगती। उसके इस दुख का कोई साथी न था जो भाभी और उसके बीच की बढ़ती दूरी को रफ़ू कर उसका मायके में रहना बहाल कर दे। रोने से जी हल्का हो जाता और उसे नींद आ जाती थी। सुबह देर तक उसे सोता देख भाभी को मौक़ा मिल जाता भाई के कान भरने का जिसका पता फुलवा को नहीं था।

भाई बहरा-अन्धा नहीं था। सब कुछ देखता-सुनता था मगर चुप रहने में ही अपनी भलाई और घर की सुख-शान्ति देखता था। वह जानता है बहन सारे दिन अपने ही घर में कोल्हू के बैल की तरह जुटी रहती है। किसी काम से घर अचानक लौटने पर वह सब देख लेता था। यह भी देखता था कि बहन भाई से कभी कुछ नहीं कहती थी न शिकायत न ही चुग़ली। वह सिर्फ़ हँसती और कुछ न कुछ गुनगुनाती हुई काम में लगी रहती थी। गुनगुनाने की आदत उसे बचपन से थी। उसका गला बहुत मीठा था। अक्सर माँ के साथ किसी त्योहार या शादी-ब्याह में जाती तो उससे गाने की फ़रमाइश ज़रूर होती और वह फ़ौरन मान जाती थी। उसको लोग आस-पास के प्यार से कभी-कभी कोयलिया पुकारते थे। समय बड़ी ख़ामोशी से गुज़र रहा था। उसमें साँस लेनेवाले ज़रा भी ताड़ नहीं पाए कि आनेवाला समय उन्हें किस महामारी की तरफ़ ले जा रहा है इसलिए उन्होंने जाड़े, बरसात की तरह उसकी कोई तैयारी नहीं की थी। जो कुछ जोड़ते वह मौक़ा आने पर दिल खोलकर ख़र्च भी कर बैठते थे। महामारी आने से कुछ दिन पहले से भाभी ने उसे सिर्फ़ दो समय खाना खाने की बात की तो वह धक से रह गई। नाश्ता करेगी तो दोपहर या रात का खाना नहीं खाएगी। तब उसने मुख खोलकर इतना भर कहा था—

"ठीक है भाभी! क्या सुबह मैं चाय पी सकती हूँ?"

भाभी ने यह सोचकर 'हाँ' कर दी कि चाय पीने से बदन में फुर्ती आ जाएगी और वह चुस्ती से दोपहर के खाने तक काम घसीट सकती है! उसकी ख़ामोशी और हर बात में 'हाँ' कहने की इस आदत ने भाभी के हौसले बढ़ा दिए थे। उनमें

भी बदलाव तब से आया था जब से गाँव में फ़ैशन भरी दो-तीन ऐसी दुकानें औरतों की सजावट और कपड़ों की खुल गई थीं जिनमें जाकर औरतें हसरतों से भर जाती थीं। वही हाल भाभी का होता जिससे घर में अक्सर सास बहू में मनमुटाव-सा हो जाता था। भाभी को उनके मरने के बाद अपनी इच्छाओं को पूरा करने की आज़ादी मिल गई थी, जो अचानक फुलवा के आने से उस पर रोक लग गई थी। ख़र्च बढ़ा था। पति की तनख़्वाह नहीं बढ़ी थी। भाभी के शौक़ ने उनकी अन्दर की कोमल भावनाओं को ज़िद और सजने की आदिम इच्छा के चलते कुचलकर रख दिया था जिसे अपराध की शुरुआत या अत्याचार का आरम्भ कह सकते हैं।

फुलवा को भय लगने लगा था कि अब बारी शायद उसकी रोटी-अचार खाने की आनेवाली है। उन्हीं मुश्किल दिनों में उसकी एक ब्याहता सखी मालती मायके आई। दोनों सहेलियों में जाने क्या बातचीत हुई कि सहेली के संग कुछ दिन शहर जाने की बात उठी तो भाभी ने ख़ुशी से और भाई ने उसमें कोई बुराई न देखकर अपनी मंजूरी दे दी। जाते हुए भाभी ने फुलवा का वह सारा कपड़ा-लत्ता जो वह ससुराल छोड़ते हुए लाई थी एक गठरी में बाँध दिया जिसे देखकर फुलवा और भाई चौंक गया!

"मैंने तो इसलिए बाँध दिया सारा कपड़ा, कि कहीं फुलवा का मन वहाँ लग गया तो कपड़ा ख़रीदना न पड़े।"

भाई सर हिलाकर रह गया लेकिन फुलवा की आँखें भर आईं। उसे जाने क्यों लगा जैसे मायके से उसकी दूसरी विदाई है। उसकी सहेली को भी अजीब लगा मगर वह कुछ बोली नहीं। वह कुछ अलग तरह से सोचे बैठी थी। उसको सारा दुखड़ा तो फुलवा सुना चुकी थी। दोनों सखियाँ बस में सवार हुईं तो पहली बार फुलवा भाई से लिपट रो पड़ी। भरी आँखों से उसने भाभी को देखा और हाथ जोड़ नमस्ते कर वह बिना कुछ बोले बस में अन्दर जा अपनी सीट पर बैठ गई थी। उसे पेड़, तालाब, कच्चे-पक्के घर, खेत के छूटने का ग़म था। उसने मन में ठान लिया था कि वह हालात के समन्दर में अब तनहा तैरेगी भले ही लहरें उसे जितना भी पछाड़ें। इस तरह फुलवा मुम्बई जैसे शहर में अपनी दोस्त ग़लती के साथ पहुँच गई।

मालती का पति स्वभाव का अच्छा था। तंगी तो उनके घर पर भी थी। अरसे

से आधी तनख़्वाह पर घर बैठा था। फुलवा के पास जाँगर तो था। दोनों को ख़ुश करने के लिए उसने सखी का घर चमका दिया था ताकि उन्हें उसकी दो रोटी भारी न पड़े। उनके साथ घूमने-फिरने जाती तो भैया-भाभी याद आते। रात को बचपन का छूटा प्यार याद आता तो आँखें भर आतीं मगर जब भाभी के ताने याद आते और भाई की ख़ामोशी तो वह तिलमिला जाती थी। उसे जो प्यार और आदर यहाँ मिल रहा था उसने सोई चेतना को जैसे जगा दिया था। पहली बार उसे अपने अपमान का अहसास जागा और अपने धैर्य से घृणा का अनुभव हुआ। मालती के पति जिन्हें अब वह जीजाजी की जगह भैया कहने लगी थी वह कई बार संकेत संकेत में उससे दोबारा शादी की बात कहते थे कि जीवनसाथी का होना बहुत ज़रूरी है। पहले तो वह कुछ बोलती न थी मगर एक दिन उसने हिम्मत कर धीमी आवाज़ में कहा, "भैया! जीवन में कड़वाहट का अनुभव कभी-कभी सारी मिठास सोख लेता है। मैंने तो मायके और ससुराल दोनों का सच जान लिया है।"

इसके बाद किसी ने उससे कुछ न कहा यह सोचकर कि अभी घाव हरा है, धीमे-धीमे करके जब भर जाएगा तब ख़ुद ही उसमें गृहस्थ जीवन जीने की ललक आएगी। मगर हो उलटा रहा था। फुलवा जहाँ से आई थी वहाँ शादी-ब्याह, बच्चे-परिवार का ही महत्त्व था मगर यहाँ तो औरतें चाहे अमीर हों या ग़रीब सब काम करती हैं, पढ़ती हैं और स्वतंत्रता से अपना जीवन चलाती हैं।

लॉकडाउन खुल चुका था। धीरे-धीरे ज़िन्दगी अपने रूटीन पर लौटने लगी थी। भैया व सखी मालती भी अपने काम पर जाने लगे थे। अकेले घर में उसे सोचने का समय-ही-समय था। कोविड-19 में उसके सास-ससुर चल बसे और उसकी अपनी भाभी की हालत बहुत ख़राब है। उसका दिल चाहा कि एक बार घर हो आए मगर सच पूछो तो घर की कोई उमंग न जागी। अच्छा यही है कि उनसे फ़ोन पर बात करना। वरना भाभी की सेवा के बहाने वह फिर उसे बँधुवा बना लेंगे। खुली आँखों से ठोकर लगने की मूर्खता अब वह नहीं करेगी। उसका मानसिक संताप कम हुआ तो उसके चेहरे पर विश्वास की चमक भी उभरी। भूख भी उसे लगने लगी थी। हँसने-बोलने में उसका मन भी रमने लगा था। उसने कई बार मालती से कहा कि वह काम करना चाहती है, अकेले घर में उसका दिल घबराता है तो सखी ने कहा कि तू हमारे ऊपर बोझ नहीं है चैन से कुछ दिन और आराम कर ले फिर

कुछ और सोचना। अभी तो कोई काम पर रख भी नहीं रहा है सबके हाल पतले हैं भगवान ने एक साथ सब पर विपदा डाली है।

कुछ महीने यूँ ही गुज़र गए।

दीवाली और होली भी गुज़र गई।

कुछ समय बाद मालती के पति ने उसकी नौकरी वहीं लगवा दी जहाँ पर वह ड्राइवरी करता था। फुलवा का स्वभाव देख उन साहब व मेमसाहब ने उसे अपने फ़्लैट में रहने की इजाज़त दे दी और फुलवा को लगा जैसे उसके पंख किसी ने खोल दिये हों। वह अब बिना किसी की मदद के उड़ सकती है। अपने पैरों से चल सकती है। अपने पसन्द के पेड़ पर कूक सकती है।

फ़ितरत

महामारी के शुरुआत के दिन थे। ज़रूरत से ज़्यादा भय और एहतियात के दिन थे। यह वे दिन थे जब इनसान घरों में बन्द थे और सड़कें वाहनों से ख़ाली आराम की मुद्रा में पड़ी थीं। सभी को पता था कि यह महामारी बिना नाम-पते के बिन बुलाए मेहमान की तरह एक साथ दुनिया के सभी मुल्कों में दाख़िल हो चुकी है और बिना किसी सनद के यह सन्देशा दे रही थी कि सुनो इनसानों तुम सब एक-दूसरे से समय-समय पर अलगाव की जो नीति अपनाते हो उसे मैं एक झटके से अंजाम दे रही हूँ। अब न हाथ-से-हाथ मिलाओगे न गले मिल पाओगे। अपने ही घर में अपने प्यारों के पास जाने से कतराओगे। वह ज़बान जो बहुत फड़कती थी अब उस पर पर्दा डाले रहोगे।

कुछ ऐसी ही बोलती हुई वह दोपहर थी जब मैं कमरे से निकल लॉन में आई और जाने किस झोंक में सामने का दरवाज़ा खोल घर के बाहर निकल दीवार से लगे गमलों को देखने लगी। अचानक जाली के दरवाज़े के बजने की आवाज़ सुनाई पड़ी तो मैं चौंक गई। दरवाज़े से लिपटी मंजू खड़ी थी। पहले से ज़्यादा गन्दी और दुबली। बिखरे बाल, रूखे हो चिड़ियों का घोंसला बन चुके थे। मैंने ताज्जुब से उसे देखा और असहज हो उठी। यह यहाँ क्या कर रही है? पुरानी बातें एकाएक ज़हन में कौंध गईं।

"कुछ दे दो। भूखे हैं।" उसकी कमज़ोर ख़ुशामदी आवाज़ उभरी। मैं चुप

रही। समझ नहीं पाई इस समय, इस औरत को लानत समझूँ या यह जो कह रही है उस पर यक़ीन करूँ?

मुझे चुप अपनी तरफ़ घूरते हुए देख बोली, "बहुत परेशान हूँ। कुछ काम करा लीजिए...मेहनताना दे दीजिए।"

उसके पीछे छुपी उसकी लड़की सामने आकर खड़ी हो गई। उसे कुछ पल मैं घूरती रही जैसे नज़रों से टटोलकर यह जानना चाह रही हूँ कि यह किस भरोसे से मेरे पास आई है, जैसे इसे पक्का विश्वास हो कि मैं इसकी कुछ न कुछ सहायता ज़रूर करूँगी। लड़की की तरफ़ नज़र घुमाई, उसे देखकर मुँह में कड़वाहट घुल गई। मेरे अन्दर एक बहस छिड़ गई कि इसको झिड़क दूँ या फिर कुछ दे-दिलाकर रुख़सत कर दूँ। पुराने अनुभव मुझे कठोर बना रहे थे और मौजूदा हालात पिघला रहे थे। मैं फ़ैसला नहीं कर पा रही थी।

"हम आपका सारा पैसा काम करके चुकता कर देंगे।" उसने हाथ जोड़कर कहा तो मेरे तन-बदन में आग-सी लग गई।

"घर पर मेहमान आए हैं वे भूखे हैं।" उसने फिर हाथ जोड़े और घिघियाकर कहा तो मेरे अन्दर खौलते ग़ुस्से को राह मिल गई।

"ऐसे समय में मेहमान?" मेरा कटाक्ष सुनकर वह माथे का पसीना गन्दी साड़ी से पोंछ अजीब नज़रों से मुझे देखने लगी। उसकी आँखों की भाषा की कई पर्तें थीं।

"क्या करते, जब खाने को नहीं था तो पैदल-पैदल गुड़गाँव से आ गए।" उसके चेहरे पर बेबसी की छाया गहरी हो उठी।

"अच्छा!" मैं इतना कहकर अन्दर जाने को मुड़ी तभी मेरे दोनों बच्चे जो किशोर अवस्था पार कर रहे थे बाहर निकले और उसे देखकर चौंक पड़े उनके चेहरों की रंगत बदल चुकी थी।

"यह यहाँ क्या कर रही है?" सुनील ने हैरत से कहा।

"कुछ झूठी कहानी सुनाने आई होगी।" रश्मि ने भाई से कहा।

"सुनो, इसको झाड़ू दे दो और अन्दर मत आने देना, कहना गली बटोर दे।" इतना कह मैं अन्दर चली गई। दोनों बहन-भाई ने आपस में कुछ बातें की और झाड़ू बाहर फेंक दी। उसने तेज़ी से जाली का हुक उठाया और गली में आगे बढ़ आई।

मैं खिड़की से उसे देख रही थी, उसके चेहरे पर हल्की मुस्कान के चिन्ह उभरे तो मेरे दिल में भाव उमड़ा, "इसकी मजबूरी इसे यहाँ ले आई है।"

"झाड़ू देकर तुम अन्दर मत आना, वहीं गमले के पीछे रख देना।" सुनील की सख़्त आवाज़ उभरी। मैंने पर्स से कुछ रुपये निकाले और उसे देने के इरादे से बाहर निकली। झाड़ू देने की आवाज़ मेरे घर से दूर होती सुनाई दे रही थी। उसकी लड़की ने गली में मुझे आता देख झाड़ू रोक दी और बेहद ढिठाई से मुझे घूरा। उस दिन की ज़बानदराज़ी की हल्की-सी झलक उसके चेहरे पर उभरी।

"कूड़ा इधर-उधर मत फेंकना।" मैंने इतना कहा और सौ-सौ के दो नोट उसकी तरफ़ बढ़ाकर मैं लौटने लगी। उसकी हालत अकाल मारों जैसी हो रही थी। पहले भी वह हड्डियों का ढाँचा थी मगर अब चमड़ी भी जैसे ग़ायब-सी हो गई थी। वह पत्तियों और उड़े प्लास्टिक के थैलों को समेटने लगी। इस बीच उसके पास आटे का ख़ाली बैग भी मुझे नज़र आया जिसमें वह कूड़ा भर रही थी। मैं घर में दाख़िल हुई तो महसूस हुआ जैसे बहन-भाई दोनों को मेरा यह अन्दाज़ पसन्द नहीं आया। सुनील ख़ामोशी से उठा और बिना कुछ कहे कमरे से बाहर निकल गया। कुछ पल ही गुज़रे होंगे कि वह अन्दर पलटकर आया और उत्तेजित हो बोल उठा, "मुझे पता था वह कूड़ा कहाँ फेंकेगी।" फिर रुककर बोला, "आगे गली में उन्होंने जाकर उस थैले को किसी के ख़ाली घर में उलट दिया है।"

सब कुछ सुनकर मैं चुप रही। दिमाग़ में सवाल उभरा, हमने इस वर्ग से हमदर्दी रखी ज़रूर मगर श्रम व नैतिकता की शिक्षा नहीं दी। देते भी कैसे हममें भी वह गुण कहाँ थे सिवाय नारा लगाने के।

"मम्मी! इसको मुँह मत लगाइए, यह फिर कोई-न-कोई हरकत करेगी।" रश्मि ने कहा—

"हाँ, कल नहीं आएगी। कहीं और जाकर किसी पुराने मालिक को मूर्ख बनाएगी।" दोनों बहन-भाई काफ़ी परेशान हो उठे थे उसके आगमन से और मैं भी कहाँ संयत थी। मैं ख़ुद सवालों में उलझी हुई थी। फ़साद का ज़ख़्म दिल्ली के जिस्म पर से अभी भरा नहीं था कि लॉकडाउन ने बेकारी और भूख को सूप में उछाले अनाज की तरह पछोर दिया था। सवाल तो यह भी था कि ऐसे समय में हमारा व्यवहार दूसरों के साथ कैसा होना चाहिए? पिछला

हिसाब-किताब चुकता करना चाहिए या फिर समय की माँग पर अपना आचरण बदलना चाहिए।

तनाव और फ़िक्र कमर तोड़ रही थी। मज़दूरों की भूख और उनकी पैदल यात्रा अलग रीढ़ की हड्डी के छल्लों पर अजीब तरह का दबाव डाल रही थी। एकाएक सारी विपदा एक साथ आन पड़ी थी। उसमें सब ख़तावार और बेक़सूर नज़र आ रहे थे। ऐसी मानसिक पीड़ा में जब कलहंसों के डैने दिमाग़ के आकाश को घेर रहे हों उस स्थिति में वह औरत जिसका नाम मंजू था वह किसी पिन की नोक की तरह हम सबको चुभ रही थी।

वह दो दिन बाद फिर आई। वही माँग और हालात के जादू में फँसी मैं उसकी माँग की पूर्ति ऊपरी दिल से करती रही। न आने का बहाना उसके पास था। कभी घाम बहुत था तो कभी गर्मी बहुत थी। इस तरह से हमारे दिन कट रहे थे और वह दो हफ़्तों में हज़ार रुपया हमसे ऐंठ चुकी थी। मोहल्ले में आसपास के अधबने घरों में कुछ मज़दूरों को ठेकेदारों ने रोक रखा था इस डर से कहीं वह फिर लौटे ही न सो उनको खाना-पीना दे रहे थे मगर अब जब लॉकडाउन लम्बा खिंचा तो वह ठेकेदार भी ग़ायब हो गया और मज़दूरों की परेशानी शुरू हो गई थी। पड़ोस में फलवाले जो कुछ रुपये मुझसे उधार लेकर अपने घर जाने के लिए निकले थे उन्हें आधे रास्ते से लौटा दिया गया था। ढाबा भी बन्द था। दो नौकरों के सहारे ढाबे वाला दुकान छोड़ गाँव चला गया। यह सब देखकर हमें उनसे पूछना पड़ा कि कुछ चाहिए तो बताना। हफ़्ते भर बाद बेकार बैठे कामदारों और मज़दूरों ने कुछ रुपये माँगे तो उनकी सहायता करते हुए मैंने कहा, "इसको लौटाने की चिन्ता मत करना, समझना मोहल्लेदारी है। मगर ये सारी कोमल संवेदनाएँ और हमदर्दी का जज़्बा मंजू तक आते-आते चुक जाता था और एक बेदिली व उपेक्षा के भाव से उसकी माँगें पूरी करके मन कसैला-सा बना रहता जो किसी भी तरह से उचित न था। लाख अपने को समझाती मगर जाने क्यों उसे देखकर लगता कि उसकी हर बात झूठी है और वह हमेशा की तरह हमें अपनी चालबाज़ियों से ठग रही है। मगर सवाल यह भी था कि मैं उसे डाँटकर भगा सकती थी। उसे पुरानी बातें याद दिलाकर उसका अपमान कर सकती थी मगर यह सब न करके मैं

अपने को जज़्बात की रस्साकशी के बीच फँसा देखकर क्यों अपने को हारता-सा महसूस करती हूँ?"

घर के पिछले कमरे के कोने में बाँटनेवाले बड़े-बड़े पैकेट रखे हुए हैं जिसमें मसाले, तेल, चाय पत्ती, पाउडर मिल्क के साथ दाल, चावल, आटा सब कुछ है। वह थैले एक-एक करके अपने घर आए तकनीशियन, पलम्बर, दर्जी को बाँटे मगर एक भी थैला मैंने मंजू को उठाकर नहीं दिया। आख़िर मेरे अन्दर बैठे दोग़लेपन का क्या भेद है। एक बेचारी औरत को अपने सामने इतना शक्तिशाली बनाने का कोई तर्कपूर्ण कारण तो हो? मैं अन्दर के संताप को जितना ठंडा करने की कोशिश करती उतना ही वह मुझे जकड़े रहता और इस सिलसिले के साथ वह हफ़्ते बाद आकर रोज़ का काम करने का वायदा कर कुछ रुपये ले जाती है जो अब पाँच-छह हज़ार तक पहुँच चुके थे। एक दिन बेटे ने बताया कि मैं जब मज़दूरों को दुकान पर चावल तुलवा रहा था तो मंजू की बेटी आई थी और दो सौ रुपयों के छाच के पैकेट लेकर गई थी। उसने मुझे पहचाना भी नहीं।

मैंने कोई जवाब नहीं दिया मगर याद सब कुछ आ गया। उसका पन्द्रह-पन्द्रह दिन काम से ग़ायब रहना। सफ़ाई न करके भी कहना सफ़ाई कर दी है और काम से निकाले जाने पर मोहल्ले भर की नौकरानियों से बुराई करके उन्हें भयभीत करना कि उस घर में काम न पकड़ना, वह चौगुना काम करवाते हैं और पैसा भी काटते हैं। ये सारी बातें हमारी नेकियों का जवाब न थीं मगर हम जब उन बड़े-बड़े वायदे करनेवालों को वोट के बाद बदलते देखकर कुछ नहीं कर पाते सिवाय छटपटाने के तो यह बेचारी क्यों मेरी कुंठा के केन्द्र में खड़ी हो रही है? क्या सिर्फ़ इसलिए कि वह कमज़ोर है और हम उसे दबा सकते हैं? या उन्हें हक़ नहीं है हमें छलने का?

कई दिनों बाद वह फिर अचानक आ गई। मैंने बच्चों से कहा, "कह दो काम नहीं करवाना है।" फिर भी वह गई नहीं। घंटी बजाई मगर कोई गया नहीं। फिर वह आवाज़ें लगाने लगी। सुनील जब उसे डाँटने निकला तो वह खुले दरवाज़े को धक्का देकर अन्दर घुसी फिर तेज़ी से मेरे कमरे का दरवाज़ा खोल वह मेरे सामने आन खड़ी हुई।

"भगवान क़सम! मैं आपकी पाई-पाई काम करके चुकता कर दूँगी।"

"वह सब ठीक है मगर तुम्हारे इन्तज़ार में हम भी बाहर की सफ़ाई नहीं कर पाते हैं।" मैंने उलझकर कहा फिर फ़ौरन ही सवाल कर बैठी।

"खाना तो सरकार बाँट रही है न?"

"चौथी मंज़िल पर कमरा है।" उसने हाथ ऊपर उठाकर कहा।

"तो?" मैं चिढ़ गई।

"आने का कोई टाइम नहीं, जब तक पता चलता है तब तक या तो वह चले जाते हैं या फिर लाइन में लगे-लगे खिचड़ी का डिब्बा ख़त्म हो जाता है।" इतना कहते-कहते वह हाँफती-सी ज़मीन पर बैठ गई। हमदर्दी उभरी मगर जाने क्यों उसके वह सारे पैंतरे याद आ गए जो उसने हमारे साथ दिखाए थे। मुँह से निकला, "तुमको और लोग मदद क्यों नहीं करते?"

"करते हैं मगर अब कहते हैं कब तक? काम भी नहीं करवाते हैं। अब क्या करें हम?"

"बाहर झाड़ू दो।" मैंने उसकी पेचीदगी से उलझकर कहा।

"हम पहले की तरह आपके घर का सारा काम करके, बाद में सारा पैसा लौटा देंगे," उसने उठते हुए कहा, "अब तक वह दस-बारह हज़ार रुपये ले चुकी थी। इसी वायदे पर कि हर रोज़ वह आकर गली बटोर दिया करेगी जब तक कोरोना की छुआछूत है।"

"मम्मी! यह क्यों उलटी-सीधी झाड़ू देती है? हम पूरा घर रोज़ साफ़ तो करते हैं न?" सुनील ने मुझे जैसे जगाया।

मैं चुप रही कि कौन किसके झाँसे में आ रहा है और कौन अपने से लड़ रहा है।

उस दिन बाँटनेवाला पैकेट मैं उसे नहीं दे पाई जो ख़त्म हो गया था मगर स्टोर रूम से चने की दाल का एक किलो का पैकेट पैसे के साथ उसे दे दिया तो महसूस हुआ दिल पर रखे सिल का बोझ कम हुआ है।

"यह क्यों?" दोनों ने पूछा।

"देकर छुट्टी करो।" मैंने एक तरफ़ रहने की कोशिश में कहा।

उसे उम्मीद नहीं थी इस व्यवहार की जो उसके चेहरे के भाव बता रहे थे। लॉकडाउन को ख़त्म करने व बढ़ने की अफ़वाहों के बीच सारा काम ठप पड़ा था। वह सब हमें सोशल मीडिया दिखा रहा था, जो हमने कभी सपने में भी नहीं

सोचा था। झूठ और सच की टकराहटें तेज़ थीं। उससे ज़्यादा क़ुदरत का रोष था जो श्मशान घाट को रौशन और क़ब्रिस्तान को आबाद कर रहा था। भगदड़ में लाशों की अदला-बदली हो रही थी और अपने सगे को कन्धा देनेवाले पहुँच नहीं पा रहे थे। इसके बावजूद दुआ के लिए उठे हाथ माफ़ी की जगह डंडी मारने, नफ़ा कमाने, झूठे प्रचार से बाज़ नहीं आ रहे थे।

मैं जहनी तौर पर थकती जा रही थी। हर व्यक्ति चिड़चिड़ा और झुँझलाया हुआ था। भूखे, मरे कुत्ते का गोश्त खाने पर मजबूर हो उठे लोग और स्वयं गली के कुत्ते भूख से दम तोड़ने पर मजबूर हो गए थे। ऐसा नहीं था कि खाना बँट नहीं रहा था, लोग सहायता कर नहीं रहे थे मगर एकाएक इस विपदा में कुछ भी सँभाले नहीं सँभल रहा था। जो मदद भी करना चाह रहे थे वे भी कोरोना के भय से घरों का दरवाज़ा ग़ैरों को छोड़ अपनों तक के लिए नहीं खोल पा रहे थे मगर सियासत ने ऐसे मौक़े पर अपनी मुट्ठी खोल दी और मामूली आदमी को अपने शिकंजे में जकड़ लिया। यह सब होता ही है। माना कि यह सब होता रहा है मगर एक साथ...? एक साथ ऐसी बारिश जिसमें ओले, बर्फ़, पानी, भूकम्प, आँधी, तूफ़ान सब कुछ एक ही वेग से इनसान को झिंझोड़ रहा है।

कई दिनों तक मंजू ग़ायब रही। उसके पति का चाय का ठेला तो कब का उठ गया था। एक दिन अचानक मंजू फिर प्रकट हुई। वही हाल-बेहाल। इस बार अपने से भी थके मर्द को साथ लाई थी। लॉन में उगी घास को छिलवाने! ख़ुद बैठी रही वह काम करता रहा। थक गया थोड़ी देर बाद और काम बीच में छोड़कर चला गया। पता नहीं क्यों आज मैंने दो की जगह तीन सौ के नोट दे दिए। मैं भी थकी थी। कुछ जगहों पर कपड़ों के पैकेट पहुँचवाने और दवाओं को ख़रीदवाने में। इतना कुछ करने के बाद भी दिल को न सुकून मिल रहा था न नेकी कर ख़ुशी मिल रही थी। अवसाद की सिल सख़्त पड़ती जा रही थी।

कई दिन इसी तरह कमरे में घुटते हुए गुज़र गए। अपने से लड़ते और हालात से जूझते हुए। न कोई अच्छी ख़बर मिल रही थी और न ही फ़ोन पर बात करने से दिल हल्का हो रहा था। संवेदना और विचारों को लेकर ज़मीर की इमारत का कोई-न-कोई ईंट धसक रहा था। कभी-कभी महसूस होता अपनी फ़ितरत तो क़ुदरत

ने बदल ली और जो उसकी कायनात में जल-जंगल-ज़मीन वनस्पति और चरिन्द व परिन्द सिसक रहे थे। उनको पनपने का मौक़ा मिल गया। जो जुगनू अँधेरी जगहों को आसमान बना देते थे वे अब नज़र आने लगे मगर इनसान ने अपनी फ़ितरत नहीं बदली। वे मानवीय चेहरे जाने कहाँ गुम हो गए हैं जो ख़्वाब में भी नज़र नहीं आते हैं। न ही वे रफ़ूगर जो फटे कपड़ों की तरह बढ़ते दिलों के खोंचों का रफ़ू कर सकें। रफ़ूगर की तलाश में जाने कब पलकें झपक गईं। ऊटपटाँग सपने से जब बेदार हुई तो दिल डूबा-डूबा-सा लगा।

"वह आ गई है।" सुनील ने कहा।

"ठीक है! क्या वह बाक़ी घास साफ़ करेगी?"

"मम्मी! आप उसकी मक्कारी जानती हैं वह सिर्फ़ पैसे लेने आई है। उस दिन नाराज़ हो रही थी कि हम कुत्ते की गन्दगी साफ़ नहीं करेंगे तो लड़की बोली मैं कर दूँगी। भगा दूँ उसे?"

"नहीं...मैं जानती हूँ। अब सवाल यह है कि भूख और नफ़रत में से किसी एक को हमें चुनना होगा।"

"मतलब?" दोनों ने चौंककर मुझे देखा।

"कुछ नहीं।" मैं उन्हें समझा नहीं सकती थी अपनी बात शायद या फिर ख़ुद उलझी थी। मैंने कल ही शाम को कुछ सामान दुकान से मँगवाया था। सुनील ने मुझसे पूछा नहीं था कि यह चावल और बाक़ी चीज़ें अब किसके लिए मँगवा रही हैं। जब मंजू झाड़ू देकर जाने लगी तो मैंने उसको बुलवाया और कहा, "यह सब तुम्हारे लिए है कैसे ले जाओगी?" उसके चेहरे पर कई रंग आए और गए। कुछ देर खड़ी रही जैसे उसे यक़ीन न आ रहा हो एक साथ इतनी चीज़ें दी जा सकती हैं। जब सदमे से उबरी तो बोली, "मैं ले जाऊँगी।"

पन्द्रह किलो के आटे का बोरा जब उसने उठाकर कन्धे पर रखा तो मुझे डर लगा जैसे उसकी सूखी हड्डियाँ चिटखकर अब टूटीं कि तब टूटीं, मगर नहीं। वह सही सालिम दस किलो के चावल का बोरा भी हाथ से घसीट ले गई फिर मसालों व चाय तेल से भरा बड़ा सा भारी थैला आकर ले गई। उसके बदन की थिरकन और फुर्ती भरी उमंग को देख मेरे अन्दर की सख़्त सिल बर्फ़ की तरह पिघलने लगी। आँखें भर आईं।

उसने पैसा लौटाने की बात नहीं की और वह बड़े विश्वास से कमरे से निकल गई।

कई हफ़्ते क्या कई महीने गुज़र गए वह नहीं आई। नौकरों का आना-जाना घरों में शुरू हो गया था मगर मंजू लौटकर नहीं आई और आती भी कैसे, वह भी तो अपनी फ़ितरत से मजबूर थी।

क्रोशिया के फंदे

"उस साल बारिश की एक बूँद भी नहीं टपकी थी जब बड़ी भाभी को पहलौंठी का बेटा हुआ था। गाँव में हर तरफ़ सूखा और उजाड़-सा खेत-खलिहान! अगर ससुर जी की पेंशन न होती तो घर में सब भूखे मर जाते, जो अनाज बचा था वह छट्टी-चाले में चुक गया था। भाभी का दूध भी सूख गया था। बरखा नहीं, बरखा की तरह मुसीबतें घर-घर बरस रही थीं। तब मैंने क्रोशिया की बुनाई बी अम्माँ से सीखी थी। छोटी-छोटी बच्चों की बनियाइन उनके साथ बुनती और उनका बेटा पास के क़स्बे में ले जाकर बेच आता था। तुम्हारी दादी और बी अम्माँ में बहनापा था। आज की तरह..." इससे आगे मझली भाभी का गला रुँध गया था।

उनके चेहरे की झुर्रियाँ गहरी हो गई थीं और थकी आँखों में पानी-सा भर आया था। कमरे की घुटन बढ़ गई थी। सभी के मुँह लटके हुए थे। रसोई से बर्तन रखने और पानी के गिरने की आवाज़ आ रही थी। बीच-बीच में कराहने की आवाज़ आ रही थी। बच्चे बिना खाए-पिए सो चुके थे। भूख तो जैसे सब की उड़ चुकी थी। दोपहर का खाना भी किसी के कंठ से उतरा नहीं था। सब ही परेशान थे। मझली भाभी के हाथ के हुनर ने ही उनके घर की माली हालत को ख़ुशहाली में बदला था। मगर आज वही हुनर उनके बेटे लक्ष्मण उर्फ़ लल्लन की जान का प्यासा हो उठा था। पप्पू की जान तो बच गई मगर लल्लन के हाथ-पैर की हड्डियाँ टूट चुकी थीं और सर की चोट की वजह से वह अस्पताल में भर्ती था। मझली भाभी ने लम्बी

साँस लेकर थैले में भरी सफ़ेद क्रोशिया की बनी हुई जालीदार लेस-बनियाइनें देखीं, जिन्हें ले जाकर लल्लन के बापू को चौक की दुकान पर पहुँचानी थी।

छोटी देवरानी के बच्चे उन्हें चाचीजी न कहकर मझली भाभी कहते थे क्योंकि सबकी सुना-सुनी सारे बच्चे बड़ी भाभी, मझली भाभी कहने लगे थे गाँव से शहर का रिश्ता नौकरी के चलते बन गया था। परिवार बढ़ गया था मगर खेत ने अपने हाथ-पैर नहीं फैलाए थे। बड़े चाचा के दोनों छोटे बेटे जो अब जवान हो चुके थे उन्होंने जैसे-तैसे दसवीं जमात पास कर ली थी। जिनको शहरों में अच्छी नौकरी मिल गई उसके चलते धीरे-धीरे वे शहरी बन चुके थे। कभी-कभार गाँव का चक्कर लगा लेते और घर की मरम्मत इत्यादि करवा के लौट जाते थे। जाते हुए थोड़ा-बहुत सामान खाने-पीने का उनके साथ कर दिया जाता था जिसमें खटाई, चिउड़ा, भूँजा वग़ैरह होता और कभी-कभी मौसम की हरी सब्ज़ियाँ भी होती थीं।

पिछले दो वर्षों में उन्होंने खेत में कुछ बोया न था। खड़ी फ़सल नील गाय का झुंड चर गया था। तब से मन ऐसा खट्टा हुआ कि वे कुछ और करने की सोचने लगे। बी अम्माँ के पोते जो उनके हमउम्र थे उनके खेत में सब्ज़ी होती जो पास के शहर में जाकर बेच आते थे। बी अम्माँ के मरने के बाद जो बहुएँ आई थीं उन्हें कढ़ाई-बुनाई और सिलाई में ज़रा भी दिलचस्पी न थीं। सास जब हुनर सीखने को कहती तो वह टाल जाती। घर में ढेरों काम, बड़ा परिवार जहाँ दम मारने की फ़ुरसत न थी जो वह चैन से बैठ हाथ का हुनर दिखातीं। दोनों घरों में आना-जाना पहले जैसा था। उन दोनों, परवेज़ उर्फ़ पप्पू और बशीर उर्फ़ बब्लू के कहने से, लल्लन और छबील उर्फ़ छुट्टन ने अपने खेत में अनाज की जगह तरह-तरह की सब्ज़ियाँ बोना शुरू कर दिया था। उससे फ़ायदा ही हुआ। रोज़ का नगद पैसा और घर में सब्ज़ी का पकना जिससे एक तरह की ख़ुशहाली घर में आ गई थी और रोज़ की मारा-मारी ख़त्म हो गई थी। उन्होंने तय किया था लल्लन पप्पू को लेकर जाएगा और छबील बशीर को कुछ समय साथ ले जाकर सब्ज़ी मंडी का उतार-चढ़ाव सिखा देगा।

"कब तक हम बस्ती की तरफ़ ही चक्कर लगाएँगे, थोड़ा आगे बढ़कर शहर की तरफ़ चलते हैं।" लल्लन ने एक दिन कहा।

"हाँ, बात तो तुम्हारी ठीक है। हम चार हैं, दो-दो कर बँट जाते हैं।"

इस बातचीत के बाद लल्लन और पप्पू शहर की तरफ़ रेहड़ी लेकर जाने लगे और छुट्टन व बब्लू क़स्बे की तरफ़ जिससे आमदनी बढ़ी और ऊपर से क्रोशिया का काम भी शहर पहुँचने लगा। शौक़-शौक़ में पहले तो औरतों ने ख़ूब ख़रीदारी की फिर धन्धा मन्द पड़ गया। दो ही गलियाँ थीं जिसमें वह चक्कर लगाते थे। ताज़ा सब्ज़ियों की वहाँ बड़ी पूछ थी। शहर में सीधे गाँव से उखाड़ी सब्ज़ी की पहुँच हर जगह नहीं थी। घोड़ागाड़ी अलबत्ता कहीं-कहीं नज़र आ जाती थी वरना कॉलोनी का मार्केट तो था ही जहाँ एक दुकान फल-सब्ज़ी की नज़र आ जाती थी। वरना सट्टी जाओ, अगर इकट्ठा ख़रीदारी करनी हो।

जिस मोहल्ले में यह दोनों जाते थे वहाँ चौड़ी सड़क की तरफ़ एक छोटी सी मस्जिद थी जिसके मौलाना ने एक दिन उनसे कहा, "क्या तुम लोग नमाज़ की टोपियाँ भी ला सकते हो?"

"मुल्ला जी, बनती तो हैं मगर बहुत कम; गाँव में पहननेवाले ही कितने हैं?"

"हर महीने हम दर्जन भर ख़रीद सकते हैं।" मौलाना ने कहा।

"देखते हैं साहब जी!"

मौलाना ने रोज़ की तरह पाव भर आलू और हरी धनिया ख़रीदी और घर के अन्दर चले गए। जाने से पहले उन्होंने कुछ कहने के लिए मुँह खोला फिर बन्द कर लिया। चेहरे के भाव बदले, आँखों में कुछ उभरा जिसे दोनों पढ़ नहीं पाए। दोनों की रेहड़ियों में अलग-अलग सामान सजा रहता, एक में लहसुन, प्याज़, अदरक तो दूसरे में मौसम की बहार नज़र आती जहाँ तरह-तरह के रंग व शेड की सब्ज़ियाँ सजी होती थीं। दोनों कभी क़मीज़ और लुंगी में होते तो कभी धोती-कुर्ते में। अभी उनका पहनावा बदला नहीं था। लाल अँगोछा कन्धे पर होता और वही अँगोछा गर्मी के दिनों में धूप के बढ़ने से सर पर लपेट लिया जाता था। दोनों ने मूँछें रख रखी थीं और बाल भी तेल लगाकर बड़े सलीक़े से काढ़ते थे। देखने में दोनों सजीले नौजवान थे। बड़े भाइयों की शाद्री हो चुकी थी। एक ने दुकान खोल रखी थी वह भी ससुराल के गाँव में, दूसरे ने शहर जानेवाली रोड पर पंचर की दुकान खोल रखी थी। बहनें अपने-अपने घरों में थीं, दोनों परिवार में इस तरह के सम्बन्ध थे कि दोनों छोटे लड़कों के लिए जो रिश्ते आते तो लड़की वाले चकरा जाते कि कौन किस घर में रहता है और कौन किसका क्या लगता है।

शहर और गाँव में हर तरफ़ माहौल बदल रहा था। कुछ को महसूस होता और कुछ अपने धन्धे-पानी में लगे रहते। उन पर महँगाई और कमाई का इतना बोझ था कि दिन मेहनत करने में ही गुज़र जाता था तो भी चादर छोटी पड़ जाती थी।

मझली भाभी अभी-अभी पूजा करके उठी थीं कि लल्लन ने मुल्ला जी की इच्छा उन्हें बताई। दादी पोते की बात सुनती रहीं मगर कुछ बोलीं नहीं। घर में उनके चलते क्रोशिया के फंदे उठाना तो सब सीख ही चुके थे। लल्लन की माँ तो पेटीकोट और जम्फ़रों की लेस बुनती ही थी। वही यह काम कर सकती है। वैसे टोपी बुनना मुश्किल तो नहीं होगा मगर हाथ तो साफ़ करना पड़ेगा। वही हुआ। टोपी ने गोलाई तो ले ली मगर ऊपर जाकर चोंच-सी निकल आई। उसे उधेड़ना पड़ा और इस बार थोड़ी ठीक-सी निकली जो कंटोप जैसी नहीं लग रही थी। बहूरानी ने उसमें छह नोक वाला सितारा तो बुना था साथ ही हरे रंग की पतली-सी गोट भी बुन दी जिससे टोपी में जान-सी पड़ गई। उसे देखकर झट लल्लन ने उसे पहन लिया और हँसते हुए अपना चेहरा दीवार में लगे आईने में देखने लगा।

"कैसा लग रहा हूँ?"

"तेरे ऊपर टोपी तो बड़ी सुन्दर लग रही है।" माँ ने बेटे के चेहरे पर नज़र डालते हुए हँसकर कहा।

"देखूँ तो ज़रा।" मझली भाभी ने आँखों का चश्मा ठीक करते हुए कहा और पोते का मुँह देखकर ख़ुश हो गईं। न जाने कैसे बी अम्माँ के दोनों बेटों शमशेर भाई और शकूर भाई की शक्लें उनकी नज़रों के सामने घूम गईं। इस घर की यह तीसरी पीढ़ी थी। लोगों से भरा घर धीरे-धीरे ख़ाली होने लगा। कुछ ऊपर चले गए कुछ दूसरे शहरों में जा बसे परन्तु यादें हैं कि दिमाग़ में हरदम कोई-न-कोई दृश्य उभारती रहती हैं।

मौलवी साहब को टोपी पसन्द आ गई। पैसे भी तय हो गए और यह भी कहा गया कि इन टोपियों की बिक्री वह दूसरी जगहों पर कराने की कोशिश करेंगे। आलू का थैला उठा जब मुल्ला जी जाने को मुड़े तो उन्होंने हसरत भरी नज़रों से हरी सब्ज़ियों की तरफ़ देखा फिर लम्बी साँस भर अन्दर जाने लगे तो अचानक उसने दो लम्बे बैगन और एक टमाटर उनकी तरफ़ बढ़ा दिया। मुल्ला जी कुछ झिझके फिर सर

झुकाकर वह घर में दाख़िल हो गए। पप्पू और लल्लन ने रेहड़ी आगे बढ़ाई और हाँक लगाई "सब्ज़ी की बहार है...लाल-लाल टमाटर, हरी-हरी लौकी..." दूसरी आवाज़ उभरी, "लहसुन प्याज़ अदरक..." इस आवाज़ के साथ इस औसत दर्जे के मोहल्ले के घरों के किवाड़ खुलने लगे, औरतों के नाइट गाउन और शलवार जम्फर पहने बदन फुर्ती से निकल रेहड़ी की तरफ़ बढ़ने लगे। मोल-भाव की तक़रारें और क़र्ज़ में ली गई सब्ज़ियों के हिसाब की आवाज़ें टकराने लगीं। माँओं के पीछे बच्चे भी बाहर निकल आए थे। सूनी गली में रौनक-सी फैल गई।

"अरे वाह लल्लन! आज तो तुम अलग से लग रहे हो?"

"टोपी तो बड़ी सुन्दर है!" अधेड़ उम्र की औरतों ने दोनों के बदले हुलिया को देखकर कहा।

"आज क्या टोपी भी लाए हो?" जवान लड़की ने पूछा।

"लाए तो थे मगर सब बिक गईं।"

"तू क्या करेगी?"

"पंखे में लेटो तो बाल चेहरे पर सरसराते हैं।"

"हेयर बैंड लगातीं क्यों नहीं?"

"बाल ख़राब से हो जाते हैं और छोटे बाल रुकते नहीं।"

"ओह!"

"कल ला सको तो ले आना।"

"जी।"

जब दोनों गली के चक्कर लगाकर सड़क पर आए तो उनकी रेहड़ी हल्की हो चुकी थी। रास्ते में एक-दो ख़रीदार और मिले तो बची हुई चीज़ें भी बिक गईं। दोनों ने रुककर सड़क किनारे चाय की दुकान पर चैन से बैठ चाय पी और पापे खाए। धूप फैल गई थी। लौटने में सूरज सर पर चढ़ आया। इनके पीछे घर की औरतें खेत देख लेती थीं। खाने के बाद फिर चारों मर्द खेतों की तरफ़ जाते थे और शाम ढले वापस आकर नहाते और फिर गाँव के चक्कर लगाने चले जाते थे। कहीं टी.वी. पर फ़िल्म चल रही होती तो वहाँ बैठ जाते या फिर क़ाका की तरफ़ निकल जाते जहाँ वर्तमान में जो घट रहा है उस पर टीका-टिप्पणी सुनते या फिर कोई बुज़ुर्ग अपनी जवानी के दिनों का क़िस्सा सुनाते जिसमें खट्टी-मीठी

यादों का बयान होता। शहरों के विकास और सुविधाओं का सुख अभी यहाँ नहीं पहुँचा था। इसलिए आपसी सम्बन्ध मीठे और हमदर्दी भरे थे। इसी तरह कई वर्ष गुज़र गए।

रोज़ की तरह सूरज निकलने से पहले पप्पू और लल्लन अपनी रेहड़ियाँ ढकेलते हुए तीव्रगति से ख़ाली रास्ते पर चल पड़े और सड़क पर पहुँचकर दोनों रेहड़ियाँ फिसलती हुई उन्हें ही अपने साथ ले जा रही थीं। उनके साथ चूड़ी वाले, रेडीमेड कपड़े वाले, फल और चीनी मिट्टी के बर्तन वाले अपने-अपने ठिकाने से निकल शहर के रास्ते पर तेज़ी से अपनी रेहड़ियाँ खींचते चले जा रहे थे।

अपनी ग्राहक गली में पहुँचकर लल्लन और पप्पू के चेहरे चमक उठे थे। उन्होंने ख़ुशी भरी आवाज़ से हाँक लगाई, "सब्ज़ीवाला आ गया...ताज़ा-ताज़ा सब्ज़ी लेकर..." अभी वे अपनी सब्ज़ी का नाम लेकर उनके गुणगान गाते उससे पहले चार-पाँच हट्टे-कट्टे पहलवान बदन वालों ने उन पर हमला बोल दिया। पहले उनकी रेहड़ी उलटी जिससे सजी रंग-बिरंगी सब्ज़ियाँ बिखर गईं। आलू-टमाटर लुढ़ककर नाली की तरफ़ भागने लगे। उनके हाथ में पकड़ा तराज़ू छीन फेंका फिर दोनों के चेहरों पर चाँटों की बारिश कर दी। सब्ज़ी ख़रीदने वाले हक्का-बक्का-से खड़े रह गए। कुछ डरकर घर की तरफ़ भागे।

"जालीदार टोपी उतार साले, यहाँ टोपी बेचने आता है सब्ज़ी के बहाने मुसल्ले!" इतना कहकर माथे पर तिलक लगाए आदमी ने लल्लन की टोपी खींची तो उसने घबराकर कहा—

"मैं हिन्दू हूँ।"

"झूठ बोल रहा है? पूरा हुलिया कटुवे जैसा है, उतार लुंगी अभी तेरा झूठ खुल जाता है।" लल्लन ने चारों तरफ़ दूर खड़ी औरतों को देखा फिर घिघियाकर कहा—

"नहीं भैया! मैं सच कह रहा हूँ।" इतना कहकर वह हाथ जोड़ने लगा। मगर एक ने बढ़कर उसकी लुंगी घसीटी तो पप्पू की जान सूख गई। औरतों ने मुँह दूसरी तरफ़ फेर लिया।

"नहीं, ऐसा मत करो!" रुआँसा हो लल्लन तेज़ी से उकड़ूँ बैठ गया। जिसके बाद उसको पैरों की ठोकरों से जी भरकर लतियाया गया और गालियों की बौछार

की गईं। यह देख पप्पू थर-थर काँपने लगा। उसका हुलिया अलग-सा था। सर पर अँगोछा था और धोती-कुर्ता पहने था। यही दोनों कपड़े थे जो वे बदल-बदलकर गाँव वाले पहनते थे। ट्रैक सूट या पायजामा बहुत कम इस्तेमाल होता था। यह गाँव बहुत सी चीज़ों से अभी बचा हुआ था।

"इसका भी हालचाल लो।"

"बोल क्या नाम है तेरा, कब से इस गली में फेरी लगाता है?"

"पप्पू, मैं तो दो-तीन साल से इधर आता हूँ।" नज़रें नीची किए हाथों की मुट्ठी बाँधे वह धड़कते दिल से बोला।

"इस बार तुझे छोड़ देता हूँ मगर अब जो किसी टोपी वाले के साथ दिखा तो तेरा भुर्ता बना दूँगा समझे!"

"तुम सब सुन लो, अब से न कोई मियाँ फेरी वाला इधर आएगा न तुम लोग उनसे सामान ख़रीदोगे।"

कोई कुछ बोला नहीं और ख़ाली हाथ लौट गया। रसोईघर से छौंक की न सुगन्ध उड़ी न करछुल चलने की आवाज़। सब चिन्तित थे कि आगे क्या होनेवाला है। टी.वी. तो सबके घर हो या न हो मगर मोबाइल तो सबके हाथों में आ गया था। बदलते हालात भले समझ में न आएँ मगर ख़बर तो सबको थी कि क्या चल रहा है। प्लम्बर, पुताई वाले, मिस्त्री, बिजली वाले, दुकानों पर काम करनेवालों का यह मोहल्ला कच्चे-पक्के मकानों वाला था जो गाँव से कमाने शहर में आ बसा था। कुछ का हिसाब सब्ज़ी वाले के साथ महीने-महीने चलता था, कुछ के पैसे उन पर बाक़ी रह गए थे। उनको यह चिन्ता भी खाए जा रही थी कि सब्ज़ी की जो दुकानें आगे सड़क पर थीं वे दूर भी थीं और महँगी भी थीं। उनके मर्द सौदा लाते हैं या नहीं उनका क्या पता? इस कारण से भी औरतें झुँझलाई हुई थीं कि अब वह बच्चों और पतियों के टिफिन में रोटी के साथ रखें क्या, अचार या प्याज़?

सड़क पर बिखरी सब्ज़ियों को भूखी गायों ने खा लिया था। कुछ गन्दे पानी में लुढ़क गई थीं और कुछ आलू-प्याज़ को बच्चों ने चुन लिया था। जब से बस्ती कहें या मोहल्ला बसा था तब से यह पहली हिंसक घटना थी वरना सब मिल-जुलकर रहते थे। गिरे समय में एक-दूसरे के काम आते थे, गन्दे नाले के पास ये चन्द घर थे जो झोंपड़ीनुमा प्लास्टिक शीट व टूटे ईंटों से बने कुलबे में रहते थे। तब से अब

तक एक लम्बा संघर्ष का समय पेट पालने के चलते उन्होंने देखा था। उन सबने डर या बेबसी से घर के दरवाज़े बन्द कर लिए थे।

आज का दिन ज़िन्दगी से भरपूर नहीं उगा था जो आपस में हँसी-मज़ाक़ में कट जाता। आज कुछ ऐसा घटा था जो नया भी न था और बहुत पुराना भी न था। दंगा-फ़साद देखते-सुनते बचपन कटा और अब जवानी में एक दूसरा रंग देखने को मिल रहा है। ऑटोचालक, मोची और वाहनों की आपसी टकराहटों से आपस में तू-तू, मैं-मैं भी हुई थी। हाथापाई में सर फुटव्वल के बाद पुलिस थाना भी हुआ था मगर यह नज़ारा गली में कभी नहीं हुआ था जो यूँ हरी-भरी सब्ज़ियों से भरी रेहड़ी यूँ आँखों के सामने उलटकर बहुतों को चटनी-रोटी खाने पर मजबूर कर दिया था। शाम को भी दाल-भात या दाल-रोटी ही पकनेवाली थी और कल का पता नहीं था कि फेरी वाले आएँगे या नहीं? रोज़ दोपहर की तरह औरतें घर से निकल अपने घरों की सीढ़ियों व चबूतरों पर बैठीं ज़रूर मगर चुप-चुप-सी रहीं। उन्हीं से कुछ दूरी पर पुरानी प्लास्टिक की कुर्सियों पर ऊँघते बूढ़े भी बैठे थे जो किसी हॉर्न की आवाज़ से चौंक पड़ते थे और इधर-उधर देखते फिर मक्खी उड़ाते हुए अलसाए कुत्तों को देखते जो उन्हीं की तरह उपेक्षित जीवन जी रहे थे।

क्लास फोर के ये चन्द घर बड़े मकानों के पास थे। ये नये मकान भी कुछ वर्षों पहले ही बने थे, इससे पहले यहाँ कूड़े का बहुत बड़ा घूरा और गन्दा नाला था। समाजसेवी अचानक प्रकट हुए। पहले सफ़ाई करवाकर लोगों की वाहवाही लूटी फिर मच्छर-मक्खी से बचाने के लिए गन्दा नाला पाट दिया गया जिसमें से कूड़े को धकेलता पानी धीरे-धीरे बहता रहता था। पानी कहाँ से आता था कहाँ जाता था किसी ने मालूम करने की ज़रूरत महसूस नहीं की परन्तु राहत की साँस अवश्य ली। मिट्टी कुटवा उस पर जहाँ-तहाँ ईंट और मोरंग डलवा दी और पास ही नींव खुदने लगी और चन्द माह गुज़रे ही थे कि दीवारें उठने लगीं। प्लाट किसका था किसने ख़रीदा था, ज़मीन का मालिक कौन था किसी को पता नहीं था। सब रोज़ के कमाने-खानेवाले थे। अपनी चादर की खींचतान कर पैर फैलाने में ही उनकी सारी ऊर्जा लग जाती थी। भ्रष्टाचार, ग़ैरकानूनी क़ब्ज़ा, रोज़ बदलती राजनीति को समझते ज़रूर थे मगर उनके ख़िलाफ़ आवाज़ उठाने की जागरूकता उनमें नहीं थी। उसका कारण भी था कि इन्हीं घरों में उनको काम भी मिलता था। दरिया में

रहकर मगरमच्छ से बैर करना उनके बस की बात नहीं थी। वे ख़ुद भी तो झुग्गी डाल यहाँ रहने आए थे। यही मजबूर जनता है जो जागकर भी नहीं जागती और चाहकर भी अपने वर्ग के समर्थन में खड़ी नहीं होती है।

उधर गली में पप्पू ने उलटी रेहड़ी सीधी की फिर इधर-उधर देखा जो उसकी मदद लल्लन को उठाने में कर देता जो ज़मीन पर पड़ा कराह रहा था। उसके मुँह और नाक से ख़ून बहकर जमने लगा था, माथा भी फूटा था और लाठी की चोट से घुटने भी उसे ख़ुद से खड़ा होने में दिक़्क़त दे रहे थे। ख़ाली रेहड़ी पर वह लल्लन को लिटाना चाह रहा था। कोई और दिन होता तो वह उठा लेता मगर लल्लन को बचाने में उसको भी चोटें लगी थीं। उसकी परेशानी देख एक-दो बाइक वाले बिना रुके हुए फर-फर निकल गए। सामने से एक तिपहिया आ रहा था, पप्पू ने निराशा से हाथ हिलाया तो वह इनके पास आकर रुका। उसने कुछ पूछा नहीं बस किसी तरह लल्लन को उठाने में मदद करके धीरे से बोला, "पास में सरकारी अस्पताल है पहले वहाँ चलते हैं।"

"इस मोहल्ले से निकलकर कुछ सोचते हैं।" डबडबाई आँखों से पप्पू ने कहा।

"ठीक है।" इतना कह स्कूटर वाले ने अपना तिपहिया गली के किनारे पेड़ के नीचे खड़ा किया और भरी रेहड़ी को ठेलता हुआ पप्पू की रेहड़ी के पीछे-पीछे चलने लगा। दोनों इसी हालत में अस्पताल की तरफ़ गए और स्ट्रेचर से लल्लन को अन्दर ले जाया गया। पप्पू की जेब में सिवाय एक-दो सौ रुपये जो चाय पीने के लिए पड़े थे। उसे परेशान देख स्कूटर वाले ने कहा—

"देखो भाई। बुरा न मानना, मेरी भी कमाई का समय है ऊपर से डर चालान का भी है। मैं स्कूटर छोड़कर आया हूँ।"

"अरे भाई, तुम फ़रिश्ता निकले, जरा ठहरो तो!" इतना कह पप्पू ने भरी रेहड़ी से प्याज़, लहसुन, अदरक थैले में भरकर उसकी तरफ़ बढ़ाया और धीरे से बोला, "मेरी सज़ा मेरा दोस्त भुगत रहा है...इनकार मत करना।"

स्कूटर वाले के चेहरे के भाव बदले, उसने सर हिलाया और मुस्कुराकर पप्पू का शाना थपकते हुए बोला, "मेरा नम्बर ले लो।"

उसके जाने के बाद समझ में नहीं आया कि इन दोनों रेहड़ियों का क्या करे। इस बीच कई बार सिक्योरटी वाला टोक चुका था। पुलिस के डंडे का भी डर

दिखा चुका था। तंग आकर उसने मझली भाभी को फ़ोन कर सारा क़िस्सा बताया तो वह बोलीं, "तुम्हारी महतारी वहीं पहुँच रही है।" ऊपर वाले पर छोड़कर वह अन्दर गया और लल्लन का हाल लिया। पैर व हाथ की हड्डियाँ टूटी थीं। प्लास्टर चढ़ाने का इन्तज़ार था। बाक़ी घाव पर दवा लग चुकी थी। दोनों दोस्तों ने भर आँखों एक-दूसरे को देखा। दोनों की आँखें भर आईं। पप्पू के आँसू छलक पड़े तो लल्लन के पपड़ी पड़े होंठों पर उदास-सी मुस्कान उभरी। उसने गर्दन न में हिलाई तो पप्पू की रुलाई छूट पड़ी। वह तेज़ी से मुड़ा और कमरे से बाहर निकल आया। जो भय, अपमान, आश्चर्य और पीड़ा उसके सारे बदन को मथ रही थी वह आँसुओं के साथ हिचकियों में बदल गई।

दोनों रेहड़ियाँ वैसे ही खंड़ी थीं, माँ अभी पहुँची नहीं थीं। वह सर पकड़कर वहीं कोने में बैठ गया। उसको अपने बचपन के दिन याद आ रहे थे। अपना याराना लल्लन के साथ याद आ रहा था। लल्लन का नाम तो लक्ष्मण कुमार था और उसका नाम परवेज़ मोहम्मद था मगर वह नाम सिर्फ़ स्कूल के रजिस्टर में था वरना स्कूल, घर, गाँव में वे लल्लन व पप्पू के नाम से ही जाने जाते थे। जब उसका दिल हल्का हुआ तो वाटरकूलर से उसने एक के बाद एक कई गिलास पानी के पिए और मुँह पर ठंडे पानी की छींटें मारीं। वह बाहर निकला। माँ पहुँचनेवाली थीं। अब सब कुछ वह सँभाल लेंगी। उसके दिल को ढाढ़स बँधी। धूप में तेज़ी आ गई थी और गर्मी बढ़ गई थी। गर्म हवा के तमाचे धूल से भरे चेहरे पर पड़ रहे थे।

बी अम्माँ की मौत के बाद मझली भाभी को ही सब अपना बुज़ुर्ग मानते थे। उनके यहाँ बशीर और परवेज़, लक्ष्मण और छबील में कोई फ़र्क़ न था। धर्म की जगह मेहनत-मज़दूरी ही उनका ईमान रहा है। गाँव की मिट्टी में शहरी ख़ुदग़रज़ी धीरे-धीरे करके धुल रही थी मगर अभी बहुत कुछ बचा हुआ था जिसमें ये दोनों परिवार भी शामिल थे। इस घटना ने सबको हिलाकर रख दिया था। यहाँ तक कि मझली भाभी ने दुखी होकर कह दिया, "इस काम को छोड़ते हैं। मेरी आँखें वैसे ही कमज़ोर हो गई हैं। बेटियों ने सीखा नहीं, एक अकेली मेरी बहू बची है।"

"अम्माँ! दिल यूँ छोटा न करो, गाँव के जाने कितने काम इसी तरह सब भूलते गए। अब छबील और लक्ष्मण की बहुएँ आएँगी तो उन्हें सिखाना मेरा काम होगा। मुस्कान जीजी को नहीं है कढ़ाई-सिलाई में रुचि तो मैं बशीर और परवेज़ की

बहुओं को सिखा दूँगी!" कान्ता ने कहा जो कभी-कभी लड़कों को उनके असली नाम से पुकार लेती हैं।

"सब मर-खप गए, अब कौन बचा है।" मझली भाभी को अपनी देवरानी, जेठानी और सास याद आई।

इस तरह से हफ़्ता गुज़र गया।

लल्लन के घाव तो भर गए थे मगर प्लास्टर अभी चढ़ा हुआ था, मन पर छाई उदासी भी धीरे-धीरे छँट रही थी लेकिन वे दोनों गलियाँ भूले नहीं भूल रही थीं जिनकी रौनक़ और चहल-पहल में उसकी रेहड़ी की सारी सब्ज़ियाँ लगभग बिक जाती थीं। वहाँ कभी किसी ने नहीं पूछा था कि तुम कौन जात हो।

लल्लन की आँखों में आँसू भर आए। उन्हें छुपाने के लिए उसने करवट बदल ली। परवेज़ आत्मग्लानि में मरा जा रहा था कि उसने लल्लन की गत को अपने सामने बनते देखा मगर कुछ कर नहीं पाया।

शहर की तरफ़ रेहड़ी नहीं गई। छुट्टन और बब्लू भी इस घटना से डर से गए थे। उनकी जोड़ी भी छबील और बशीर की थी, जालीदार टोपी उन्होंने भी लगानी शुरू कर दी थी कि उसमें छेद थे जिससे हवा सर के पसीने को सोखती रहती है और ठंडा बनाए रखती है। अँगोछा गर्दन व चेहरे का पसीना पोंछने के काम तो आता ही है। जो भी हो उन दोनों ने अपना पहनावा धोती और कुर्ता कर लिया था और वही सब्ज़ी लेकर बस्ती की तरफ़ जाने लगे थे। पप्पू लल्लन की सेवा में लगा था। लल्लन की माँ मुस्कान को लगता था कि इस घटना की जड़ यह टोपी ही है मगर कोई उससे सहमत नहीं था। सभी टोपी न केवल जालीदार बल्कि हर तरह की टोपी लगाकर फिरता है मगर दुर्घटना का शिकार नहीं होता है।

"हो सकता है वह गुंडे हमसे हफ़्ता लेना चाह रहे हों।" लल्लन ने कहा।

"नहीं, बात कुछ और थी।" पप्पू ने कहा फिर सर झुका लिया।

"अगर बात कुछ और थी तो फिर हम जिएँगे कैसे?" लल्लन बोला।

"जैसे पहले जीते आए हैं ख़ाली वही गली थोड़ी है, पूरा शहर पड़ा है।" पप्पू ने उदास मुस्कान के साथ कहा।

ख़ौफ़

टर्की से सुरयाँ तक का रास्ता बहुत आसानी से कट गया। टर्की की नीली काशीकारी और नीलाहट लिये वहाँ का पानी और चमकीला माहौल पीछे छूट चुका था अब सुरयाँ गाँव के खेतों की हरियाली, चाँपाकल का पानी और धूल भरा आसमान था, जहाँ उसके बचपन की यादों का घर था।

उसके चेहरे पर मीठी मुस्कान फैल गई। दिल से आवाज़ आई।

"बहुत घूम लिया बहुत कमा लिया अब चैन से बाल-बच्चों के साथ रहूँगा, आख़िर कब तक आदमी तनहा रहे।"

"गुलज़ार भाई एक बार फ़ैसला लेने से पहले सोच लेते कि इस निपट गाँव के माहौल में अब आपका दिल लगेगा भी या नहीं?"

"बहुत सोच-समझकर ही यह क़दम उठाया है। दिल का क्या, वह तो कहीं भी लग जाता है...रूस में ऑयल कम्पनी पाँच-छह साल तक हमें दिल लगाने पर मजबूर करती रही, जब टर्की आया तो एक-दो साल तक रूस याद आता रहा, आदत सी पड़ जाती है जगह की...मगर अपना घर हमेशा दिल व दिमाग़ में बसा रहता है फिर एक वक़्त ऐसा आता है कि पैसा बेकार लगने लगता है और रिश्तों की अहमियत बढ़ जाती है, ठीक उसी तरह जैसे तगड़ी तनख़्वाह ने मुझे खींचकर रिश्तों से दूर कर दिया था।" गुलज़ार ने छोटे भाई गुलफ़ाम की तरफ़ हँसकर देखा। गुलफ़ाम कुछ बोला नहीं, कैसे कहता कि पटना में पढ़ने और सऊदी में पाँच साल

रहने के बाद उसके कन्धों पर घर की ज़िम्मेदारी अब्बा के मरने के बाद डाल दी गई। वह कितना घुटता है यहाँ यह वही जानता है। उसने लम्बी गहरी साँस भरी और भाई की तरफ़ देखा।

गाँव पहुँचकर कार रुक गई थी। घर पहुँचने से पहले ही आस-पास के लोग उसकी तरफ़ हँसते हुए लपके।

"अस्सलामवालेकुम...।"

"गुलज़ार भाई आ गए आप?"

गुलज़ार ने भाई की तरफ़ मुँह करके कहा, "यह खुलूस वहाँ नहीं मिलता।" कार से उतरकर गुलज़ार ने सबसे हाथ मिलाया और ख़ैरियत पूछी तभी उसके और भाई के पाँचों बच्चे भागते हुए उसकी तरफ़ आए..."पापा, आ गए...चाचू आ गए...।"

उसने लपककर छोटे बेटे को गोद में उठाया और उसे प्यार करता हुआ घर में दाख़िल हुआ। शाहीना और फ़रज़ाना का ख़ुशी से चमकता हुआ चेहरा देख वह भी हँस पड़ा और बारी-बारी से सभी बच्चों को प्यार करता उनसे बात करता रहा। तब तक शाहीना उसकी पसन्द का शरबत बना लाई थी। उसने एक गहरी साँस भरी जैसे कन्धों पर से कोई भारी बोझ उतारा हो फिर एक ज़ोरदार अँगड़ाई लेकर दिल ही दिल में कहा—

"स्वीट होम।"

शरबत का घूँट धीरे-धीरे भरता हुआ वह सबकी बातें सुन रहा था। इस बीच मोहल्ले में क्या हुआ, रिश्तेदारों में कौन आया और गया। वह बातों में दोहराव था क्योंकि ये बातें फ़ोन पर हो चुकी थीं मगर हिलोरें लेती ख़ुशी का यह इज़हार उसे अच्छा लग रहा था।

कई सप्ताह गुज़र गए। इस बीच दुकान की बुनियाद भी छोटे-मोटे मॉल जैसी डाल दी गई थी। हार्ट वियर का भी मॉल मौजूद था। गाँव में बाहर जाकर काम करनेवालों की ख़ासी तादाद थी। पैसा था मगर गाँव में ख़र्च कहाँ करते सो पास के शहर में जाते थे। यह सोचकर ही यह दुकान खोलने का प्रोग्राम बना था कि आसपास के गाँव वाले भी अपनी ख़रीदारी सुरयाँ आकर करेंगे और

दुकान खुलते ही चल पड़ेगी। पेस्ट्री, केक और आइसक्रीम ने गाँव में ख़ूब बिक्री देनी थी।

सप्ताह-भर तक गुलज़ार को सबसे मिलने-जुलने में मज़ा आ रहा था। गाँव वाले ढेरों सवाल उससे करते, मोबाइल खोल टर्की को ढूँढ़ते और उस मुल्क की तसवीर देख उनकी आँखें फट जातीं और वह ताज्जुब से गुलज़ार से पूछते, "बाबू! ऐजी काहे आइ बड़ा?"

जवान लड़के बौखलाकर पूछते, "भाईजान, हम ओयजी जाए के सोचत तानी और तू ऐजी काहे आइ बड़ा? ऐजी कुछू नइके।"

उनकी परेशानी देखकर गुलज़ार हँस पड़ता। कुछ पल बाद कहता, "कमाने के लिए जाना पड़ता है, जाना भी चाहिए मगर लौटना तो अपने घर ही पड़ता है आख़िर में।" यह सुनकर ग्राहक सर हिलाते और सामान लेकर चले जाते।

इस तरह से साल गुज़र गया।

गुलज़ार को अब कभी-कभी घुटन-सी लगने लगी थी। उसे टर्की का रहन-सहन, खान-पान, अपना फ़ैशन से रहना और वहाँ के कहवेख़ाने जहाँ बैठकर संगीत सुनना, सभी कुछ बहुत याद आता। दोस्त और ऑफ़िस सपने में दिखता। उसने फ़ैसला किया कि बच्चों को अच्छी पढ़ाई के लिए अकेले हॉस्टल में भेजने से अच्छा है कि हम शहर में मकान बनवाएँ और बच्चों की बेहतरीन स्कूलिंग करें। दुकान और खेत-बाग़ान तो ठीक-ठाक चलते रहेंगे। हर रात उसको अपनी इस शानदार प्लॉनिंग के बाद गहरी नींद आ जाती थी। उसके बड़े भाई ने अपना हिस्सा बाप की ज़िन्दगी में ही लेकर अपनी दुनिया अलग बसाई थी। उनके बीच प्यार था मगर आना-जाना बिलकुल नहीं के बराबर था। बस ईद-बक़रीद में मुलाक़ात व खाना-पीना एक साथ होता और बस।

इसी बीच एक ऐसी घटना घट गई जिसने सबको हिलाकर रख दिया। गुलफ़ाम की एक हादसे में मौत हो गई। कच्ची गृहस्थी थी। छोटे-छोटे बच्चे और जवान बीवी। गुलज़ार को लगा उसका बायाँ हाथ ही कट गया है। शाहीना जब भी बहन के ख़ाली हाथ देखती और ख़ाली गर्दन तो वह अपनी सज-धज को देखकर ख़ुद को मुजरिम समझने लगती थी। एक दिन उसने गुलज़ार से बात की और अपनी

और बच्चों की क़समें देकर उसके हाथों, कानों और गले में हल्के ज़ेवर डलवा दिए। फ़रज़ाना ने पहनने को तो पहन लिया मगर पहनने के बाद वह फूट-फूटकर रोई। गुलफ़ाम से रात-दिन का उसका साथ था जो भुलाए नहीं भूलता था। उसे सजने-सँवरने का बहुत शौक़ था। फ़िल्में देखकर वह उसी तरह के सूट सिलवाती, फ़िल्म देखने और घूमने की शौक़ीन फ़रज़ाना, अब सिर्फ़ बावर्चीख़ाने और सोने के कमरे तक महदूद रह गई थी।

कोविड-19 की बीमारी का ज़िक्र सभी ने सुना और मोबाइल से फैलती इस बला की बढ़ती परेशानियाँ भी देखीं। गाँव में इतने केस तो सुनने में नहीं आए मगर डर तो चारों तरफ़ फैल चुका था, सावधानी भी बरतनी थी। कई बार रिश्ते के भाइयों ने उन्हें देखकर कहा, "आप मास्क लगाया कीजिए, अँगोछा काफ़ी नहीं है। दिन-भर में तरह-तरह के लोग ग्राहक की शक्ल में आते हैं पता नहीं किसको...।"

"परेशान न हों, मुँह ढके रहता हूँ।"

"ढकता कहाँ है नाक तो खुली रहती है। ऊपर से आपको खाँसी भी आ रही है। डॉक्टर के पास गए या नहीं?"

"काढ़ा ले रहा हूँ। महीना भर हो गया है। कभी कम हो जाती है फिर अचानक शुरू हो जाती है।"

फिर इधर-उधर की बातें होने लगीं, अचानक लॉकडाउन की भी ख़बर आ गई। ये ख़बरें फ़रज़ाना को हौला देतीं। कम उम्र में ही तीन मौतें उसने देखीं, पहले सास, फिर ससुर और साल-भर पहले गुलफ़ाम की, जिसने उसका विश्वास ज़िन्दगी पर से हिला दिया था। वह कई बार दबे लहजे में बहन से कह चुकी थी कि बाजी, गुलज़ार भाई किसी अच्छे डॉक्टर को दिखा के दवा ले लें। यूँ टी.वी. पर इश्तहार देखकर दवाएँ न लें। शाहीना का दिल कौन सा मज़बूत था, देवर की मौत के बाद वह भी डरी रहती थी कि ज़िन्दगी का क्या ठिकाना, ऊपर से कोविड जैसी बीमारी और इलाज की सहूलियतें मौजूद नहीं। वह कहने को कहती, कई बार ज़िद करती मगर गुलज़ार जाने किस झोंक में अपनी खाँसी का इलाज ख़ुद कर रहा था।

एक रात अचानक जब साँस घुटने लगी तब गुलज़ार के होश उड़ गए, शाहीना ने अपने भाई फ़ारूख़ को फ़ोन किया और हाल बताया।

"कितनी बार उनसे कहा...ख़ैर छोड़ो, मैं चल रहा हूँ सुबह तक पहुँचूँगा तब तक आप हौसला रखिए।" फ़ारूख़ ने कहा।

"हालत ठीक नहीं है। आप सीधे सरकारी अस्पताल पहुँचें। वह वहीं जा रहे हैं।"

ड्राइवर ने मोटरसाइकिल निकाल ली थी। दोनों बहनों का दिल हौल रहा था। मोटरसाइकिल रात के अँधेरे को चीरती हुई सरकारी अस्पताल की तरफ़ जा रही थी। गुलज़ार को साँस लेने में बहुत दिक़्क़त महसूस हो रही थी। उसकी आँखें बार-बार भर जाती थीं। आँसुओं को वह बड़ी मुश्किल से रोक पा रहा था। उसे कोविड हो चुका था सुनकर लगा मौत ने दस्तक दी हो। गुलज़ार क्या सोच रहा था शाहीना नहीं समझ पा रही थी। कार होती तो साथ जाती, उसका हाथ थपक उसे दिलासा देती। मगर वह घर पर रह गई थी। बच्चों के साथ इतने बड़े घर में दोनों घबरा रही थीं। घर अँधेरे में था। बिजली जा चुकी थी। वह बच्चों को पंखा झलते हुए सोच रही थी कि अगर कोई अनहोनी घट गई तो हम दोनों का क्या होगा? इस वक़्त कौन मदद को आएगा, सभी घरों में परेशानी है। पता नहीं अस्पताल का क्या हाल हो? सुबह होते-होते बिजली आई तो रात-भर की जगी शाहीना की पलकें झपक गईं।

अचानक फ़ोन की घंटी बजने से उसकी आँख खुली, धड़कते दिल से उसने 'हलो' कहा।

"शाहीना, यहाँ सब ठीक है। गुलज़ार भाई एडमिट हो गए हैं। ऑक्सीजन का सिलेंडर भी बड़ी मुश्किल से मिला है। ख़ुदा का शुक्र है।"

"जी।"

"बच्चे कैसे हैं?"

"ठीक हैं अभी सो रहे हैं।"

"अच्छा रखता हूँ फिर फ़ोन करूँगा।" फ़ारूख़ ने इतना कह फ़ोन डिस्कनेक्ट किया।

शाहीना ने वज़ू किया और शुक्राने की नमाज़ पढ़ी फिर माँ को फ़ोन कर सारे हालात बताए।

मोटरसाइकिल वापस आई तो शाहीना शौहर की ख़ैरियत लेने पहुँची। उसे देखकर गुलज़ार के चेहरे पर फीकी मुस्कान उभरी। शाहीना मियाँ की यह हालत देख तड़प उठी। ख़ौफ़ से वह थर्रा गई। घर-घर मौतों का सिलसिला जिसे सुन-सुनकर किसी का यक़ीन हिल जाए।

"तुम शाम से पहले वापस चली जाना, बच्चे अकेले हैं।"

"फ़रज़ाना सँभाल लेगी।" शाहीना ने धीरे-धीरे से कहा।

गुलज़ार की आँखों के सामने फ़रज़ाना का मासूम चेहरा उभरा। उसे याद आया कि जब फ़रज़ाना बेवा हुई थी तो साल-भर बाद उसकी दूसरी शादी की बात उठी थी। एक पैगाम भी आया था। उन वकील साहब के दो छोटे बच्चे थे। मगर गुलज़ार ने सख़्ती से इनकार कर दिया था कि उसके भाई के बच्चे दूसरे शख़्स के घर पलें वह कैसे बर्दाश्त कर सकता है और आज...जब वह मौत से डर रहा है तो उसे अपने फ़ैसले पर पछतावा हो रहा है कि...फ़रज़ाना भी ख़ुश रहती और कल... शाहीना की तनहाई का सहारा बनती अगर उसे...उसे कुछ हो गया। उसे पछतावा तो इस बात पर भी था कि उसने मर्ज़ को यहाँ तक बढ़ने दिया।

"फ़ारूख़ मैं वापस नहीं जाऊँगी" शाहीना ने हठ की तो फ़ारूख़ ने कहा, 'कोविड फैला है, ठहरने की जगह नहीं। आप पेड़ के नीचे बैठकर तो रात नहीं गुज़ार सकतीं न, बात को समझें।'

"कार होती तो मैं रात उसमें गुज़ार लेती मगर..." शाहीना बेबसी से बुदबुदाई।

"फिर कहाँ ख़रीदी गई? अब यह सब छोड़ें और घर लौट जाएँ। गुलज़ार भाई ठीक वक़्त पर अस्पताल आ गए इस बात का शुक्र है। अल्लाह ने चाहा हफ़्ते भर में ठीक हो जाएँगे।" फ़ारूख़ ने कहा, यह सुनकर शाहीना ख़ामोश हो गई मगर दिल ही दिल में कह उठी, "वह मुझे याद कर रहे होंगे। उन्हें मेरी आदत पड़ चुकी है। मैं उनके हर आराम और हर ज़रूरत का ख़याल रखने लगी थी। कितने साल तो उन्होंने अपना ख़याल अकेले रखा और तनहाई झेलकर हमें आराम की ज़िन्दगी दी। इसीलिए मैं रात-दिन उनकी देखरेख में चौकन्नी रहती थी।

"या अल्लाह उन्हें शिफ़ा दे और जल्द इस घर की रौनक लौटा दे।" वह नमाज़ के बाद सिजदे में गिर ख़ुदा के आगे गिड़गिड़ाती।

मौतों की ख़बरें बढ़ रही थीं। रिश्तेदारों से लेकर ग़ैरों के घरों तक से अब यही ख़बरें आतीं। लाश दफ़नाना और जनाज़े को कन्धा देने में अपना ख़ून झिझक रहा था। अजीब तरह से लोगों के ख़ून सफ़ेद हो रहे थे। कहीं ऑक्सीजन के सिलेंडरों की कमी तो कहीं बेड की कमी, अस्पतालों का बुरा हाल था। ऐसे ख़राब हालात में वह शुक्र अदा करती कि उसके शौहर का इलाज बेहतर तरीक़े से हो पा रहा है यही क्या कम है। फिर दिल घबरा उठता कि वह अस्पताल में उसके बिना हैं और अपनी तकलीफ़ों के बारे में फ़ारूख़ से खुलकर कह भी न पाते होंगे। अगर मैं वहाँ रहती तो उनका माथा सहलाती, पैर दबाती, दिलासा देती उनसे हँसकर प्यार भरी बातें करती लेकिन मैं बेबस हूँ और उसी तरह छटपटा रही हूँ जैसे वह कोसों दूर हों और मेरा जाना वहाँ मुश्किल हो!

"मम्मी, पापा से बात करा दो।"

"जब तक पापा नहीं आते तब तक मैं कुछ नहीं खाऊँगा।"

"मम्मी, मझले चाचू क्या कभी नहीं लौटेंगे पापा की तरह?"

बच्चों की हठ, सवाल और उनके चेहरों का बढ़ता कुम्हलायापन दोनों माँओं के सीने में तूफ़ान मचा देती थी। एक दिन फ़रज़ाना ने कहा, "बाजी, चलिए मिलकर आते हैं गुलज़ार भाई से।"

"जाने को हम जा सकते हैं मगर बीमारी ने अगर हममें से किसी एक को दबोचा तो घर में सब बीमार होंगे, इस ख़ौफ़ से दिल को मार लेती हूँ।"

"वह तो है।" फ़रज़ाना लम्बी साँस लेती। उसे अपना बिस्तर याद आता जो अब गुलफ़ाम के बिना सूना था। जहाँ तनहा वह ज़ख़्मी परिन्दे की तरह छटपटाते हुए रातें गुज़ारती है। वैसी रातें बहन का मुक़द्दर न बने, उनका जोड़ा बरक़रार रहे यही दुआ उसके दिल से निकलती थी। जब कभी वह अलमारी खोलती किसी काम से तो वहाँ लटके शोख रंग के कपड़े उसकी आँखों में पानी ले आते थे। किसके लिए सजे हैं ये रंग-बिरंगे कपड़े? उसके हर शौक़ पर जैसे पाला पड़ गया था।

"मैं अभी मरना नहीं चाहता हूँ...दो-डेढ़ साल पहले छोटा भाई चला गया...मैं गया तो वे दोनों बहनें लावारिस हो जाएँगी और बच्चे यतीम...।" गुलज़ार ने बड़ी

मुश्किल से अपनी बात कही तो फ़ारूख़ के चेहरे पर दर्द की कई लकीरें बिजली की तरह चमकीं फिर चेहरे पर फीकी मुस्कान फैल गई।

"भाई मरें आपके दुश्मन!"

"जो देखने आता है कहता है...हिम्मत रखो, हिम्मत! चालीस दिन से मैं ऑक्सीजन नली के सहारे साँस ले रहा हूँ...यह मेरी हिम्मत नहीं तो और क्या है...? बिस्तर पर सीधा पड़ा-पड़ा मैं ज़िन्दगी की तमन्ना कर रहा हूँ, मगर..." गुलज़ार की आवाज़ में कँपकँपी-सी थी।

"इस तरह नाउम्मीद न हों, आप जल्द ही ठीक हो जाएँगे।" फ़ारूख़ ने ज़िन्दगी से भरपूर आवाज़ से कहा फिर हँसकर बोला, "अभी तो हमें साथ-साथ टर्की जाना है। बस, समझिए आप हफ़्ते-दस दिन में ठाठे हो जाएँगे।"

टर्की के नाम से गुलज़ार के चेहरे पर मुस्कुराहट के भाव उभरे और आँखों में चमक लहराई।

इस संवाद के बाद दोनों के बीच ख़ामोशी-सी छा गई। गुलज़ार ने आँखें बन्द कर लीं, शायद इतना बोलकर वह थक-सा गया था। फ़ारूख़ ने आँखों के कोरों में जमा हो आए पानी को रूमाल से पोंछा और लम्बी साँस खींची, बहनोई की हालत देख उसका दिल फट रहा था। दिल चाह रहा था जी भरकर चिल्लाए, चीख़े मगर बेबस था।

उसकी छोटी बहन पहले विधवा हुई थी। गुलफ़ाम अपने पीछे तीन छोटे बच्चों और जवान बीवी को छोड़ गया जो मुश्किल से तेईस साल की थी। वह मनहूस सुबह जब गुलज़ार भाई को किसी मेहमान को स्टेशन लेने जाना था मगर पता नहीं क्यों उनको बदन में सुस्ती सी महसूस हुई और अपनी जगह छोटे भाई गुलफ़ाम को जगाकर भेज दिया। जब गुलफ़ाम घर से निकला तो आसमान साफ़ था बारिश रुकी हुई थी मगर रास्ते में गहरे काले बादल जाने कहाँ से घिर आए और अचानक आँधी और मूसलाधार बारिश शुरू हो गई। बादल की गर्जन और तड़पन ने वहशत-सी पैदा कर दी और ड्राइवर ने राय दी कि अभी ट्रेन आने में दो घंटा है आप कहें तो कहीं खड़े हो जाते हैं...।

"हाँ...ठीक है बीच राह तो हम पहुँच ही गए हैं।" गुलफ़ाम ने कहा कार धीमी गति से हवा के झोंकों और तेज़ बारिश के बीच से गुज़र रही थी। मेह टूटकर बरस

रहा था बारिश पिछले एक हफ़्ते से मूसलाधार हो रही थी, इस वक़्त भी रुकने का आसार नज़र नहीं आ रहे थे। गुलफ़ाम ने मौक़ा देखा तो अधूरी नींद को पूरा करने के लिए अपनी आँखें बन्द कर लीं। बीच में एक-दो बार वह बिजली गिरने की आवाज़ से चौंका, फिर सो गया। बारिश की झड़ी से रास्ता भी नज़र नहीं आ रहा था। कार के शीशे भी धुँधला गए थे तभी एक अजीब से धक्के से कार हिल गई। गुलफ़ाम हड़बड़ाकर जागा और ड्राइवर बौखला गया। एक भारी-भरकम पेड़ दूसरी तरफ़ जड़ से उखड़ कार की छत पर गिरा जिधर गुलफ़ाम बैठा था। पेड़ उसके ऊपर पड़ा था। छत टूट चुकी थी और पानी कार में भर रहा था। ड्राइवर की समझ में नहीं आया वह क्या करे?

गुलफ़ाम की मौत तो तुरन्त हो गई, जिसने भाई को आत्मग्लानि से भर दिया था कि उसके कारण ही भाई की मौत हुई। बहुत दिनों तक वह शर्मसार और अपने को गुनहगार समझता रहा। कुछ दिन पहले ही वह टर्की से हमेशा के लिए लौट आया था। उसने सोचा था एक देश से दूसरे देश, कब तक घूमता रहूँगा। बच्चे भी बड़े हो रहे हैं उनकी तरबियत भी करनी है। वह लौट आया मगर गाँव में घुटन के सिवा उसे कुछ महसूस न हुआ। बाहर था तो घर याद आता था अब घर में है तो सारे सुख के बाद भी दिल उचटा-उचटा रहता था। दोनों बहनों की शादी एक ही घर में दोनों भाइयों के साथ हुई थी। घराना ख़ुशहाल था। खेत, बाग़ और बड़ा-सा मकान। ऊपर से एक भाई इंजीनियर तो दूसरा पढ़-लिखकर भी नौकरी न कर सका। बाप के गुज़रने के बाद यह सब सँभालता कौन? गुलफ़ाम के सपने आई.ए.एस. बनने से रह गए।

गुलज़ार को बेहतरीन इलाज की सहूलियतें मिल रही थीं, दुआ भी रात-दिन चल रही थी मगर हालात में कोई सुधार न था। फ़ारूख़ के बाप छोटी बेटी को विधवा होने से गहरे सदमे में थे। अब जो बड़े दामाद की बीमारी का पता चला तो उन्होंने चारपाई पकड़ ली। फ़ारूख़ भी अपनी कम्पनी छोड़ बहनोई की देखरेख कर रहा था। उसका दिल भी अनहोनी के भय से डूबा-डूबा रहता।

"फ़ारूख़, मैं ठीक हो जाऊँगा न?"

"अरे कितने मरीज़ अस्पताल से ठीक होकर रोज़ घर लौट रहे हैं।" फ़ारूख़ उम्मीद भरी आवाज़ में चहकता।

"ठीक हो गया न तो सब कुछ बेचकर शहर में घर बनवाऊँगा जिससे बच्चों की तालीम अच्छी होगी और मेरी घुटन भी कम होगी। इतने सालों की कमाई से ढेरों रुपया कमाया है जो बैंक में पड़ा है और..." गुलज़ार कहते-कहते रुक गया। शायद थक गया था।

"बिलकुल ऐसा ही होगा। मुम्बई आइए वहाँ...।"

"नहीं, पटना में बसूँगा। फिर ज़मीन लेकर बड़ा-सा घर और दुकानें बनवाऊँगा। अभी मैं मरना नहीं चाहता हूँ...बच्चे बहुत छोटे हैं..." फ़ारूख़ चुप रहा। कुछ देर बाद बोला, "बाजी से बात कर लें, जी हल्का हो जाएगा। फ़ोन मिलाऊँ?"

"नहीं, किसी से बात करने को दिल नहीं चाहता है...।" बहुत धीमे लहजे में गुलज़ार ने कहा फिर बड़बड़ाया, "क्या कहूँगा उससे?"

"उनके कई बार फ़ोन आ चुके हैं...वह आप से बात करना चाह रही हैं, फ़रज़ाना और बच्चे भी बेचैन हैं, अभी न सही कुछ देर बाद सही, बात ज़रूर कर लीजिएगा आपको ताक़त मिलेगी।"

गुलज़ार ने अजीब नज़रों से फ़ारूख़ को देखा फिर आँखें बन्द कर लीं।

फ़ारूख़ उम्मीद बँधाता था मगर ख़ुद वह नाउम्मीद हो रहा था। रिश्तेदारों का आना-जाना तो लगा था जो आस-पास से आ सकते थे। बाहर ही से ख़ैरियत फ़ोन करके ले लेते थे और हौसला भरी बातें करते थे। उधर शाहीना और फ़रज़ाना के पास कोई न था। इस बीमारी से सब डरे हुए थे। वे दोनों बहनें भी दिन-भर हौलतीं और रात को जो थोड़ी-बहुत आँख लगती तो ऐसे ख़्वाब देखतीं कि बाक़ी रात जागते गुज़र जाती थी। फ़रज़ाना को सब्र आ गया था कि उसका जवान शौहर क़ब्र में सोया पड़ा है मगर शाहीना कैसे सब्र करती जबकि उसका शौहर अस्पताल में उससे कोसों दूर पड़ा है और वह उसकी ख़िदमत भी नहीं कर पा रही है। बच्चे भी बाप की याद में तड़प रहे हैं। ज़िद करते हैं और रोते हैं। घर की चहल-पहल थम-सी गई थी। एक अनचाही सोगवारी दबे पाँव घर में दाख़िल हो चुकी थी। शाहीना इस बात से ज़्यादा फ़िक्रमन्द रहती कि आख़िर उनसे कोई बात क्यों नहीं करा पा रहा है। यह अजीब-सी बात नहीं थी कि जो

उसकी ज़िन्दगी की हमशरीक है वह उससे दूर और वह जो उसके शौहर से दूर है वह ऐसे मौक़े पर उनके क़रीब है। अक्सर वह घबराकर बेमौक़ा नमाज़ पढ़ती और गिड़गिड़ाकर ख़ुदा से दुआ माँगती कि उसके बच्चों पर से बाप का साया न छीने; अब तो बहन के बच्चों के लिए भी चचा की ज़िन्दगी बहुत अहमियत रखती थी।

गुलज़ार धीरे-धीरे मौत की तरफ़ बढ़ रहा था। अस्पताल से रोज़ ही कई-कई जनाज़े निकलते थे। माहौल भी जैसे मौत के स्वागत के लिए आँखें बिछाए था फिर गुलज़ार कैसे बचता और आज सुबह हार्टअटैक से मौत उसे निगल गई। उसकी अन्तिम इच्छा की परवाह किए बिना कि वह अभी और जीना चाहता था मगर अब वह मुर्दा पड़ा था। एक और लाश को अस्पताल से ले जाने का इन्तज़ाम हो रहा था। फ़ारूख़ बिलकुल टूट चुका था। कैसे वह अचानक बहन के दरवाज़े उसके शौहर की लाश लेकर जाए और छोटी बहन, बड़ी बहन की चूड़ियाँ ठीक उसी तरह तोड़े जैसे बड़ी ने छोटी की तोड़ी थीं।

गाँव में ख़बर किसी अन्य रिश्तेदार के ज़रिये बड़े भाई को मिल गई थी ख़बर सुनकर उनका दिल बैठ गया। कुछ देर बुत बने बैठे रहे फिर हिम्मत कर घर से निकले। रास्ते भर सोचते जा रहे थे कि वह ऐसी जानलेवा ख़बर को कैसे और किस ज़बान से अदा करेंगे?

जब लाश घर की चौखट पार कर आँगन में दाख़िल हुई थी उस समय अचानक इस दृश्य को देख पहले दोनों बहनें भौचक हुईं फिर चकराकर बेहोश हो गईं। बच्चे माँ को ज़मीन पर गिरा देखकर डर गए और चीख़कर रो पड़े मम्मी...मम्मी।

फ़ारूख़ ने बहन को आगे बढ़कर सँभाला तो शाहीना के मुँह से निकला, "यह क्या हो गया?"

फ़ारूख़ चुप रहा। भाई का चेहरा देख वह सुस्त लहजे में बोली, "मुझे बुलाया क्यों नहीं? मरने से पहले उन्हें ज़िन्दा तो देख लेती, कुछ कह-सुन तो लेती।" इतना कह वह शौहर के बेजा़न बदन के पास बैठी और लाश पर से चादर हटा शौहर के चेहरे को ताका। गुलज़ार की आँखें और होंठ बन्द थे। वह कुछ पल शौहर के मुर्दा

चेहरे को घूरती रही फिर फ़ारूख़ की तरफ़ मुड़कर बोली, "इन्होंने मेरे लिए कुछ कहा था?" 'नहीं' फ़ारूख़ ने सिर्फ़ गर्दन हिलाकर जवाब दिया। कुछ पल सदमे की कैफ़ियत में शाहीना भाई का चेहरा देखती रही फिर धीरे से बोली, "कुछ भी नहीं?" इतना कह शौहर के सीने पर सर रख फफक पड़ी। उसका विलाप सबके दिलों पर असर कर रहा था मगर सब मजबूर खड़े थे। आँगन अब सामूहिक रुलाई में डूब चुका था।

रामपुरी चाकू

बाज़ार में काफ़ी गहमागहमी थी। शारिक़ काफ़ी देर से इस भीड़ में भटक रहा था। उसके हाव-भाव और लिबास से सभी की नज़र पल भर के लिए उस पर अटक ज़रूर जाती थी। उसे जिस चीज़ की तलाश थी वह नज़र नहीं आ रही थी। गूगल से जो कुछ पता चला था उसमें इसी बाज़ार की इत्तला थी। वह दुकानों के बोर्ड भी पढ़ता जा रहा था। अचानक वह ठेले से टकराया तो मुँह से निकला, "सॉरी।"

"हर माल मिलेगा पचास रुपया।" पास से रेहड़ी वाले की आवाज़ सुनाई पड़ी तो शारिक़ की नज़र उधर गई और मुँह से निकला, "सींग वाला रामपुरी चाक़ू है?"

"अरे साहब, रामपुरी चाक़ू तो अब मुहावरा बनकर रह गया है अब तो चाइनीज़ चाक़ू का बोलबाला है, सस्ता और टिकाऊ!" दुकानदार ने प्लास्टिक के रंग-बिरंगे दस्ते वाले चाक़ू उसे दिखाए।

"रामपुर में चाइनीज़!" शारिक़ ने कहा और गर्दन इनकार में हिलाकर वह बोला।

"मुझे बटन वाला रामपुरी चाक़ू चाहिए।"

"वह तो साहब, हमने देखा नहीं।" युवक ने बेबसी से कहा फिर चहककर बोला, "नेल कटर देखें...सब बाहर का माल है सुन्दर और चमकदार।"

"अपना कुछ नहीं है, अजीब बात है।" शारिक़ ने मन-ही-मन सोचा। रामपुर ख़ासतौर से वह आया था ताकि मिस्टर राबर्ट की इच्छा पूरी कर सके जो उसके बॉस क्रिस्ट के दादाजी हैं और उसे बहुत प्यार करते हैं।

"कहाँ मिलेगा?" शारिक़ ने आख़िरी कोशिश की।

"पता नहीं।" कुछ ऊबकर रेहड़ी वाला युवक बोला।

शारिक़ ने बाज़ार की तसवीरें लीं और सोचा कि मुझे किसी बुज़ुर्ग जो यहाँ का नेटिव हो उससे मालूम करना है कि असली रामपुरी चाक़ू लकड़ी या हाथी दाँत वाला कहाँ मिलेगा।

वह बोस्टन से महीने-भर की छुट्टी लेकर लखनऊ आया था जहाँ उसकी छोटी बहन की शादी होनेवाली थी। ढेरों उपहारों के साथ वह मिस्टर राबर्ट की फ़रमाइश भी साथ लाया था। वह सोच में घूमता-घामता रामपुर लाइब्रेरी की तरफ़ निकल गया। इस ख़याल से कि चलो बाहर घूम लिया जाए। दूर से ही उसकी नज़रें उस भव्य इमारत पर टिक गईं। टैक्सी से उतरा तो वह कुछ देर ठिठका खड़ा रहा। बचपने में दादाजान से उसने तरह-तरह की इमारतों व उसकी कारीगरी के बारे में सुना था। उस वक़्त वह बातें दिलचस्प ज़रूर लगती थीं मगर याद न रहतीं न उनकी अहमियत का अहसास जागता और किशोर अवस्था तक पहुँचते-पहुँचते सब धुँधला गया। कभी पीछे मुड़कर नहीं देखा। ख़्वाबों में योरप बसा था। फ्रांस जाने की उसकी दिली तमन्ना थी। दो वर्ष पहले वहाँ वह घूमा भी, उसे उस दौर के कलाकारों की दाद देनी पड़ी थी, मगर आज...।

वह इस शहर में सिर्फ़ एक चाक़ू की तलाश में भटक रहा है और अचानक उसे महसूस हुआ कि बोस्टन में बैठे एक बुज़ुर्ग ने उससे उस चीज़ की फ़रमाइश की है जिसकी ख़ुद उसकी नज़र में कभी कोई अहमियत नहीं रही। मिस्टर राबर्ट अक्सर अपनी यादों के जंगल में खो जाते थे। वह सारे क़िस्से सुनाते जब वह इंडिया में थे और अक्सर नवाब ऑफ़ रामपुर की आलीशान दावतों में शिरकत करते थे जहाँ पर हिन्दुस्तानी आर्ट के नादिर नमूने सजे होते। लैम्प, झाड़फ़ानूस, चाँदी के नक़्क़ाशीदार बर्तन, तसवीरें, कालीनें और डैगर...।"

उन्होंने पूछा था एक बार तुम्हारे नाम का मतलब क्या है?

"'राइज़िंग फ्रॉम ईस्ट'...मीन्स सन!" उसने हँसकर कहा था।

"वंडरफुल! मगर तुमसे ज़्यादा तो मैं इंडिया को जानता हूँ।"

"ओह! ग्रैंड पा!" क्रिस्ट अक्सर उनकी यादों के दोहराव से झुँझला जाता और किसी बहाने से कमरा छोड़ देता था। उसे बुरा नहीं लगता था मगर यह भी नहीं

कह सकता था कि हमारा दौर शानदार पुरानी इमारतें जो तारीख़ी हैं उन्हें सँजोने की जगह उन्हें फिर से तामीर कराने या फिर नये बने पुलों के अचानक गिरने व सड़कों के धँसने का दौर है। सीलन और दीमक, मच्छर और...हमारा समय सारी अच्छाइयों व बुराइयों के साथ हमें पता है।

उसे दादा की याद आई। अब्बा भी क्रिस्ट की तरह दादा से उलझ पड़ते थे। जब वह रामपुर के चाक़ुओं का क़सीदा पढ़ते थे उसी के साथ रेज़ा टेक्सटाइल का भी जिसने पूरे यूपी में धूम मचा रखी थी और जब वह बन्द हुई तो हज़ारों मज़दूर बेरोज़गार हो गए और वह ख़ुद भी। तब उनकी छटपटाहट देखते बनती थी। उनको वह ज़माना याद आता जब वह उस मिल में बड़े ओहदे पर थे। उन्हें भारी दिल से रामपुर छोड़कर लखनऊ अपनी पुरानी कोठी में लौटना पड़ा। रामपुर शहर उन्हें कई वर्षों तक बेचैन किए रहा। ड्राइंगरूम की दीवार पर बारहसिंगे व चीते की खोपड़ी के साथ ग्रेविटी नाइफ़, तलवारें और डैगर भी सजे थे जिनके दस्तों पर बारीक़ काम बना था। दादाजान बड़े ग़ुरूर से दूसरे शहरों से आए मेहमानों को बताते थे, "अरे जनाब, इनकी बात ही कुछ और है...यह मामूली लोहारों का काम नहीं है बल्कि नवाबीन के ख़ास हुनरमन्द लोहारों का कमाल है जो तलवारों पर धार लगाते थे जिसकी झंकार और चमक का ज़िक्र तो दुनिया के अज़ीम शायर फ़िरदौसी ने अपने 'रज़्मनामा', यानी 'शाहनामा' में किया है। उसने हमारे हुनरमन्दों को अमर बना दिया है।" ख़ुशी से भरा क़हक़हा गूँजता।

"इसमें क्या शक है।" शरबत का घूँट भरकर कोई कहता और फिर पूरी शाम हिन्दुस्तान की दस्तकारी की तारीफ़ों में ज़मीन-आसमान के क़ुलाबे मिलाए जाते थे। हिन्दुस्तानी तलवार का ज़िक्र एशिया मध्य तक पहुँच जाता जहाँ पर लोकनृत्य में तलवारों और ख़ंजरों की आज के दौर में भी बड़ी भूमिका रहती है। ज़बान आप न जानें मगर मज़ा पूरा आप लेते हैं। स्वाड डांस तो मध्यपूर्व देशों से लेकर अफ़्रीका तक जाता है। इस बीच ज़नानख़ाने से लज़ीज़ गर्मागर्म शामी कबाब और हरी धनिया की चटनी आ जाती और ज़बान पहले से भी ज़्यादा चटख़ारेदार हो जाती थी।

"आप अपने हिन्दुस्तान में देखें जब मैं कलक्टर था और जगह-जगह घूमता था ट्रांसफर के चलते तो स्वाड डांस के कैसे-कैसे नमूने देखे थे। गिनाने बैठूँ तो लम्बी फ़ेहरिस्त है तो भी चन्द नाम तो ले सकता हूँ ख़ासी क़बीला, भूटिया तलवार

डांस, लखारू-ली और खईजामा व गुजरात तलवार डांस, उनके सारे त्योहारों के मौक़ों पर होता है और जनाब, डैगर डांस का कहना ही क्या, उसे मैंने सीरियन एम्बेसी में देखा था। ख़ुदा की क़सम वह चाक़ू जो ऊपर नाचता हुआ फेंका जाता, वह डांसर के पास जब तक पहुँचता तब तक वह डांसर कई गोल चक्कर लगा लेता। बिजली की तड़प जैसी फुर्ती थी।

"कमाल है। मैं एक तो मामूली-सी बात कहने जा रहा हूँ। बचपन में दशहरे की चौकियों के बीच लट्ठबाज़ी दिखाई जाती थी। आपको याद होगा तेल पिलाई लाठियाँ और कसरती नंगे बदन सिर्फ़ गुलाबी धोतियाँ जिसमें से उनका बैगनी या लाल जाँघिया झाँकता होता। ऐसा दाँव-पेच कि आपकी नस-नस फड़क जाए, हमारा तो खेल यही होता। बाँस या पेड़ की टहनी ले लेते और उस तरह लाठी भाँजने की नकल करते।" मदन लाल की बात पर क़हक़हा गूँजा।

"सही कहा आपने, हमारे एशियाई करतब और हुनर! प्रिन्स चार्ल्स जब सऊदी गए थे तो उन्होंने वहाँ के राष्ट्रीय अलअर्धा तलवार डांस में हिस्सा लिया था। सर पर लाल चेक का रूमाल और सफ़ेद लम्बे लिबास में, लेकिन ट्रम्प का केवल तलवार डांस से स्वागत किया गया था। लेबनान हो या सीरिया ये सब इस डांस को अपना कल्चर कहते हैं।

अपने फ़न को ज़िन्दा रखने के लिए अपनी जड़ों की तरफ़ लौटना चाहिए। उधर अब्बाजान, दादी अम्माँ से झुँझलाकर बोल उठते, "यह लोग माज़ी की तारीफ़ में क्यों डूबे रहते हैं?"

"क्योंकि वह उनका ज़माना था जिसका लुत्फ़ उन्होंने भरपूर लिया, उस मज़े को तुम क्या जानो?" दादी हँस पड़तीं और जो नौकर ट्रे लेकर आता तो दादाजान उसे पाँच का नोट थमाकर कहते, "ज़रा मेहमानों का दिल तो ख़ुश कर दो।"

वह सलाम कर नोट जेब में रखता और कुछ शरमाता, झिझकता-सा किनारे खड़ा हो जाता तो दादाजान उसका हौसला बुलन्द करने के लिए कहते, "तो फ़िल्म 'वक़्त' में मदनपुरी ने जब रामपुरी चाक़ू राजकुमार को दिखाया तो राजकुमार क्या बोले थे?"

नौकर अब राजकुमार का रूप धर लेता और चाक़ू लेने की एक्टिंग करता हुआ कहता, "जानी, यह बच्चों के खेलने की चीज़ नहीं है। लग जाए तो ख़ून

निकल आता है।" इतना कहकर नौकर चाक़ू बन्द कर देता और सलाम कर कमरे से निकल जाता।

कुछ पल हँसी की आवाज़ गूँजती।

"राजकुमार की डायलॉग डिलिवरी भी न्यारी थी।" कई सीन उनकी आँखों के सामने से गुज़र गए।

दादाजान की आँखें इधर बन्द हुईं और उधर घर में हुई पुताई में वे सारी ख़ानदानी यादें स्टोररूम में बन्द कर दी गईं। ड्राइंगरूम में तख़्त और गावतकिया ग़ायब हो गए। अब नई सजावट थी। हम सभी भाई-बहन नई तरह से पल रहे थे जो अतीत से कट, वर्तमान से जुड़ चुका था और हमारे भविष्य को तय करनेवाला था। दादाजान ने जहाँ उसे छोड़ा था मिस्टर राबर्ट ने फिर वहीं लाकर उसे खड़ा कर दिया। अब वह पुस्तकालय में दादाजान के बताए शाहनामा-ए-फ़िरदौसी के पुराने नुस्ख़े देख रहा था। उन रंगीन तसवीरों को देख रहा था जिनके रंग अब भी चटख थे। समय ने उन्हें छुआ तक नहीं था, वही हाल हस्तलिखित लिपि की स्याही का था। विदेशों की लाइब्रेरी और म्यूज़ियम बड़े उत्साह से उसने देखा था। देश की किसी भी पुरानी लाइब्रेरी की ओर जाने का उसका मन कभी नहीं किया था, आख़िर क्यों? अब्बाजान का इसमें हाथ था या भाषाई पॉलिटिक्स का?

एकाएक शारिक़ के ज़हन में एक चोर दरवाज़ा खुल गया था जिसमें अतीत धूप-छाँव की तरह उभर रहा था। कोई अनजानी कशिश उसे उस अँधेरे तहख़ाने में उतरने के लिए टोहके लगाने लगी थी। उसने तय कर लिया कि वह चाक़ू को ढूँढ़कर दम लेगा। इस शहर में बूढ़ों की कमी नहीं है। आम इनसान तक पहुँचना ख़ास शख़्सियतों को ढूँढ़ने से कहीं आसान होगा। उसने शहर की मस्जिद का पता लगाया और उसके पास वाली चाय की दुकान के पास पहुँच गया। इत्तफ़ाक़ से चायवाला अधेड़ था और पास की कुर्सी पर बैठा आदमी सफ़ेद दाढ़ी और टोपी के साथ बूढ़ा। शारिक़ ने सलाम कर चाय का ऑर्डर दिया और वहीं पड़ी बेंच पर बैठ गया। उसने फ़ोन मिलाया और रामपुरी चाक़ू के बारे में बात करने लगा। बात तो एकतरफ़ा हो रही थी मगर कारगर साबित हुई क्योंकि दोनों ने उसकी तरफ़ घूमकर देखा मगर कुछ कहा नहीं।

नमाज़ी मस्जिद से निकल रहे थे, कुछ दाएँ-बाएँ हो गए, कुछ हिलते-डुलते

छड़ी टेकते चाय की दुकान की तरफ़ क़दम बढ़ाने लगे। शायद वे बँधे ग्राहक थे इसलिए उन्हें देखते ही चायवाले ने गिलासों में भाप उड़ाती चाय डाली और मोटे बिस्कुट की प्लेट उनके सामने रखी। शारिक़ का गिलास उसकी तरफ़ बढ़ाते हुए धीरे से कहा, "आपको जो कुछ जानना है यह पीले साफ़े वाले बता सकते हैं।"

शारिक़ ने गर्दन हिलाई और उन बुज़ुर्गों की तरफ़ देखा जो अपने हिलते दाँतों के साथ बिस्कुट चाय में डुबोकर खा रहे थे। उसने भी गर्म चाय का घूँट भरा और थोड़ा बेंच पर सरककर उनके क़रीब हो गया फिर धीरे से कहा, "सलाम चचा, कैसे हैं?"

उन्होंने चौंककर देखा और कहा, "जीते रहो, हम ख़ैरियत से हैं।"

"वह चचा, मैं असली रामपुरी चाक़ू ढूँढ़ रहा हूँ, कहीं-न-कहीं तो मिलता होगा?" शारिक़ ने बिना किसी भूमिका के सीधा पूछा।

"वह तो बहुत पुरानी बात हो गई है। नौ से बारह इंची फल वाला चाक़ू अब बनता नहीं। जब से रोक लगी है तब से तीन-चार इंच से ज़्यादा लम्बा चाक़ू बनना बन्द हो गया है, भला हो प्लास्टिक का, जिसका रंगीन मूठ उस पर लगा होता है।" पीले साफ़े वाले ने कटाक्ष भरे स्वर में बताया।

"बैन क्यों लग गया?" शारिक़ ने ताज्जुब से पूछा।

"कहते हैं फ़िल्मों में रामपुरी चाक़ू बहुत दिखाया गया। क्राइम बढ़ गया और गाज गिरी हमारे चाक़ू पर! एक बात और है उन्हीं दिनों जब ऑटोमैटिक पिस्टल आ गई तो चाक़ू की जगह उसने ले ली। सबको उसका शौक़ लग गया, चाक़ू की जगह राइफल। तलवार की जगह बन्दूक़।" सफ़ेद साफ़े वाले ने कहा।

"सोचनेवाली बात है कि अपराध की रोक-थाम होनी चाहिए थी मगर...फ़िल्म का जो तुम कह रहे हो तो सोचनेवाली बात है। चाक़ू तो सीरियलों में खुलेआम आज भी दिखाए जा रहे हैं उस पर किसी को एतराज़ नहीं है। चाक़ू तो एक को मारता था मगर यह तो धड़ाधड़ गोलियों पर गोलियाँ बरसा देता है। दूसरी बात चाक़ू की मार से हत्यारा पहचाना जाता था कि वह किस तरफ़ का है मगर अब कुछ पता नहीं लगा सकते हैं किधर का आदमी मारकर भाग गया।" इतना कह दूसरे बुज़ुर्ग चुप हो गए।

"छोटे फल वाले रामपुरी चाक़ू बनते होंगे चचा मगर बाज़ार में तो चाइनीज़ चाक़ू भरे हैं। दुकानों पर भी और रेहड़ियों पर भी?" शारिक़ बोला।

"भई, वह लोग बड़े पैमाने पर चीज़ें बनाते हैं, लागत कम आती है और सस्ते दामों पर अपना बाज़ार दूसरे देशों में आसानी से बना लेते हैं। रहा रामपुरी चाक़ू तो वह एक हुनर था। जो धीरे-धीरे ख़त्म ही समझो। जो भी हमारा था धीरे-धीरे वह सब एक-एक करके बन्द हो रहा है। अब तो इनसान ही नहीं, मशीनें भी दस्तकारी की दुश्मन बन गई हैं। मस्जिद के सामने अनगिनत दुकानें चाक़ू की थीं पहले,यहाँ से वहाँ तक चाक़ू सजे रहते थे। बड़ी-बड़ी हैसियत वाले चाक़ू साथ लेकर चलते थे। क्या बात थी लकड़ी, लोहे, पीतल के सींग वाले चाक़ू की।" तीसरे बुज़ुर्ग ने मुँह पोंछते हुए कहा।

"दस्तकारों की तो बधिया बैठ गई है जबसे जीएसटी टैक्स शुरू हुआ है। 8 प्रतिशत कच्चे माल पर 18 प्रतिशत बने माल पर।" दुखी मगर थोड़ी झुँझलाई आवाज़ उभरी।

"अब तो कट्टे का ज़माना है। ख़ूब बनता व बिकता है। कभी-कभार उसके कारख़ाने पर छापा पड़ जाता है। हमारे बचपन में चाक़ूजनी ख़ूब सुनने को मिलती थी कि आज यहाँ तो कल वहाँ और अब देसी कट्टा चलता है।

"जो हमने बरता, वह सब हमारे साथ चला जाएगा।" पीली पगड़ी वाले बुज़ुर्ग ने उठते हुए कहा। शारिक़ भी उठ गया। वह तीनों उसी तरह लड़खड़ाते चश्मा ठीक करते सँभल-सँभलकर पैर रखते हुए आगे बढ़ने लगे।

"लगता है यहाँ से ख़ाली हाथ जाना होगा।" शारिक़ ने गहरी साँस ली।

"साहब, आप एक बार कबाड़ी के यहाँ भी झाँक लेते, अगली गली में है। मेन बाज़ार में एनटीक शॉप भी है।"

"जी शुक्रिया।" शारिक़ ने सोचा और मुस्कुरा पड़ा, "एक स्टोर रूम हमारे घर पर भी है जाने वहाँ चीज़ें बची हैं या कबाड़ समझकर घूरे पर फिंकवा दी गई हैं।"

ज़हन में उठी बात ने उसको उदास कर दिया और दिल जाने कैसे दादाजान और मिस्टर राबर्ट के ख़याल से भारी हो उठा।

सदाबहार का फूल

इधर दादी की आहें अँधेरे कमरे में कुछ ज़्यादा ही बढ़ गई थीं। मुनकू की समझ में नहीं आता कि बिजली के बुझते ही दादी को क्या हो जाता है जो वह करवट पर करवटें बदलतीं और रह-रहकर ठंडी आहें भरती हैं। अक्सर आधी रात को उसकी आँखें खुल जातीं तो वह दादी को किसी से बातें करता सुनता और ताज्जुब करता कि इतनी रात गए वह भी अँधेरे में दादी किससे बातें कर रही हैं आज उससे रहा नहीं गया तो वह पूछ बैठा।

"दादी! क्या बात है? सर दुख रहा है? बाम लगा दूँ?"

"अरे नहीं...मुझे क्या होना है...तू सो जा बेटे वरना सुबह आँख देर से खुलेगी और बस छूट जाएगी।"

"नहीं, मुझे बताओ न...मैं रोज़ आपको इसी तरह देखता हूँ..." सात वर्ष का मुनकू उठकर बैठ गया और दादी का बाजू हिलाने लगा।

अँधेरे में जुगनुओं की तरह दादी की आँखों से आँसू की बूँदें टपकीं और बिना चमके ही उनकी सफ़ेद साड़ी में जज़्ब हो गईं। कौन जानता है कि उनके यह आँसू रात की तनहाई में अपने आप क्यों बहते हैं।

"तुम किससे बातें कर रही थीं अभी...कौन तुम्हें छोड़ गया अकेला?" मुनकू ने दादी का चेहरा अपनी तरफ़ घुमाया, "तुम रो रही हो दादी?"

दादी से कोई जवाब देते न बना। गला बुरी तरह रुँध गया। उन्हें भी प्यार और हमदर्दी के दो बोल चाहिए।

"बोलो न दादी?"

"अरे पगले किससे बातें करूँगी...तेरे दादा से करती हूँ...उनकी याद आती है तो मन भर आता है। फिर मुझे चिन्ता है..." इतना कह दादी चुप हो गईं।

"कैसी चिन्ता?"

"कल बताऊँगी। अब तुम सो जाओ।" दादी ने कहा।

"प्रामिस!" मुनकू ने लेटते हुए कहा। दादी कुछ न बोलीं बस उसे लिपटाकर उसकी पीठ सहलाने लगीं। कुछ पल बाद मुनकू तो गहरी नींद में डूब गया, मगर दादी जागती रहीं।

इस घर में हर तरह का आराम है। हर माह उन्हें डॉक्टर देखने आ जाता है, सारे टेस्ट हो जाते हैं। ख़ास उनके लिए नर्स बेटे ने रख दी है जो सुबह से शाम तक उनकी सारी ज़रूरतें पूरी करती है फिर कौन सी ऐसी तपकन है जो उन्हें तनहाई में करवटें बदलने और ख़ुद से बातें करने के लिए मजबूर करती है। बड़ी पोती बारह साल की है, वह अलग कमरे में रहती है। उसका दिल दादी के पास नहीं लगता, मगर मुनकू, उसे तो दादी ने पाला है। मुनकू की माँ तब बीमार थीं। बहू की हालत देखकर दादी ने मुनकू की ज़िम्मेदारी ले ली। शुरू में मुनकू उन्हें ही मम्मी कहता था अब दादी कहने लगा तो क्या हुआ। उसे दादी की हर आहट का अहसास होता और वह बेचैन हो उठता।

मुनकू और निक्की में उम्र का जो फ़ासला था, वह उनके व्यवहार और सम्बन्धों में भी था। निक्की मुनकू को बुद्धू समझती थी और मुनकू बहन से डरता भी था ख़ास कर उसके लम्बे लाल नुकीले नाख़ूनों से। उसे याद है जब वह मुनकू को चिढ़ा रही थी तो उसने ताव में आकर उसके हाथ पर दाँत से काटा था। तब झुँझलाकर वह चीखी थी 'लिटिल मंकी' और उसकी कलाई में अपने तेज़ नाख़ून गाड़ दिये थे। कभी-कभी अकेले में जब वह अपने हाथ ऊपर उठाकर उँगलियों का पंजा बना उस पर बिल्ली की तरह झपटने का नाटक करती तो मुनकू वहाँ से सरपट डरे चूहे की तरह भागकर दादी के कमरे में पनाह लेता था। उसे याद है वह दिन जब फूसी दूध पी रही थी और काली जंगली बिल्ली मुँडेर से उतरकर दूध पीने लपकी और दूध की कटोरी घास पर उलट गई। दोनों को दूध न मिला और चाटने से पहले घास दूध पी गई। दोनों ग़ुस्से में थीं। पहले गुर्राईं फिर जो लड़ाई

पंजा मार-मारकर आपस में हुई तो शामू को सफ़ाई बीच में छोड़कर उन्हें भगाने बाहर आना पड़ा था। उसके धमकाने से काली जंगली बिल्ली शामू का गाल पंजे से खरोंचकर मुँडेर पर जा चढ़ी और पलक झपकते ग़ायब। शामू की चीख़ से सारा घर बाहर लॉन में जा पहुँचा था। डैडी को शामू को लेकर डॉक्टर के पास जाना पड़ा था...नहीं...वह इंजेक्शन से बहुत डरता है।

"आज के बाद यह बिल्ली घर पर नहीं रहेगी।" मम्मी ने फ़ैसला सुनाया था। और सचमुच उस शाम के बाद बिल्ली घर पर कभी नज़र नहीं आई थी। निक्की ने घर और घर के बाहर कितनी आवाज़ें दीं, "फूसी कैट...कम कम!" उसने सीटी भी बजाई, मगर इस बार फूसी कैट उछलती-कूदती उससे गर्दन सहलवाने नहीं आई, मगर काली बिल्ली मुँडेर पर अक्सर दीदी का दिल जलाने बड़े आराम से आकर बैठ जाती थी।

"अच्छा हुआ चली गई फूसी कैट...दीदी को पता तो चला कि मुझे डरपोक और बुद्धू कहकर चिढ़ाने का बदला उन्हें कैसे मिला...मुझे 'रुअंटू' कहती थीं जब ख़ुद रोना पड़ा तो...।

"अरे मुनकू यूँ गुमसुम क्यों बैठा है?" दादी ने पूजा की थाली सजाते हुए पूछा।

"कुछ नहीं।"

"फिर आजा मेरे साथ बैठ!"

कुछ देर बाद दादी-पोते की भजन गाने की मद्धिम आवाज़ अगरबत्ती के धुएँ के साथ लहराने लगी।

इतवार की सुबह थी।

सब एक साथ नाश्ते की मेज़ के गिर्द बैठे हँस-बोल रहे थे। एकाएक हेमन्त बोला, 'अम्माँ मुझे पन्द्रह दिन के लिए यूरोप जाना होगा। मेरे साथ मधु भी जा रही है। बात कुछ ऐसी है कि उसके भाई के बेटे की शादी है। मैं काम पूरा कर लूँगा और यह बर्मिंघम जाकर भाई की ख़ुशी में शामिल हो जाएगी...।"

"और तेरे पापा का श्राद्ध...?" दादी ने चौंककर पूछा मगर उनकी बात अधूरी ही रह गई बच्चों के शोर में जो पापा के साथ घूमने की हठ करने लगे थे।

"पापा, यह चीटिंग है। आप हमें कभी नहीं ले जाते...पिछली बार माँ को पेरिस

ले गए और..." निक्की ने रूठनेवाले स्वर में कहा।

"पापा...मुझे भी जाना है।" मुनकू ने कहा और नाश्ता छोड़कर उनके पास जाकर खड़ा हो गया।

"टिकट बहुत महँगा हो गया है फिर..." मधु ने बच्चों को बहलाया।

"मामा से कहो न...जब वह आपको बुला रहे हैं तो क्या हम उनके कोई नहीं लगते?" निक्की बीच में बोल उठी।

"मम्मी मैं आपके बिना नहीं रहूँगा।" मुनकू पापा के पास से हट माँ की तरफ़ बढ़ा।

"अभी नाश्ता करो फिर बात करते हैं...। तुम ख़ुद सोचो अम्माँ को अकेला तो नहीं छोड़ सकते, आख़िर उनके पास कोई तो रहेगा या नहीं?" हेमन्त ने कुर्सी से उठते हुए कहा और कार की चाबी साइड बोर्ड से उठाई और तेज़ी से बाहर की तरफ़ क़दम उठाए। "शाम को मिलते हैं बाय...।"

"मैं पापा से बात नहीं करूँगी" पैर पटकती निक्की अपने कमरे की तरफ़ बढ़ी और मुनकू उसके पीछे-पीछे भागा।

कुछ पल ख़ामोशी छाई रही।

"मधु, कब जाना है?" दादी ने बहू से पूछा।

"बीस को जाना है।" मधु ने कहा और बर्तन समेटने लगी।

"बाईस को तुम्हारे ससुर का श्राद्ध है...पिछले साल भी हेमन्त यहाँ नहीं था और...फिर नवरात्रि शुरू हो जाएगी।"

"अम्माँ, अगर आपके बेटे का इन बातों पर विश्वास नहीं रह गया है तो मैं क्या करूँ?"

"तारीख़ दो दिन बाद की नहीं हो सकती है क्या?"

"नहीं अम्माँ! मामला सरकारी है, सब कुछ तय हम थोड़ी करते हैं। बाबूजी को गुज़रे बीस वर्ष हो गए हैं। हर साल सारा काम आपका बेटा ही करता था मगर अब उनकी मजबूरी है...अब इन सब बातों पर से उनकी आस्था ख़त्म हो चुकी है...कब से पूजा-पाठ छोड़ चुके हैं...ज़िन्दगी मशीन बन गई है।"

"मगर रीति-रिवाज को..."

"आपके और आपके बेटे के बीच मुझे नहीं आना है।"

बहू के तेवर देख दादी बिना खाए उठ गईं तो मधु को अहसास हुआ और वह स्वर बदलकर प्यार से बोली, "अम्माँ, नाश्ता तो पूरा करें।"

"अब न खा पाऊँगी...तुम्हारे ससुर का श्राद्ध हर साल की तरह हेमन्त के बिना होगा और सफ़ेद फूल भी हर साल की तरह न होगा..." काँपती आवाज़ से दादी ने कहा और छड़ी टेकती धीमे-धीमे अपने कमरे की तरफ़ बढ़ने लगीं।

"और कौवा भी न होगा," यह कहता हुआ मुनकू अपनी जगह से उचका और दादी का हाथ पकड़ उनके साथ जाने लगा।

"अब मैं क्या करूँ अम्मा? मामला सरकारी है। चुनाव क़रीब हैं। हेमन्त जानबूझकर तो पापा के श्राद्ध को इग्नोर नहीं करते हैं बस इत्तफ़ाक़ है...इस घर में मेरा भी दुख कौन देखे कौन सुने...।" अन्तिम वाक्य मधु ने धीरे से कहा फिर कुछ पल चुपचाप बैठी रही फिर बड़बड़ाई।

"हेमन्त हरदम व्यस्त रहते हैं। बेटी मुझे अपना कम्पीटीटर समझती है। बेटा दादी को माँ समझता है, कभी किसी ने सोचा है कि मैं कितनी अकेली हूँ...पूरे पाँच साल बाद हेमन्त के साथ जाने का अवसर मिला है तो घर में बवाल आ गया... हर कोई रूठ गया...पता नहीं हम पति-पत्नी क्या करें जो सबको ख़ुश रख सकें।"

सारे दिन घर में तनाव, शामियाने की तरह तना रहा।

हेमन्त शाम से पहले ही घर लौट आया। मधु का गम्भीर चेहरा और छुट्टी के दिन इस तरह छाई उदासी देखकर समझ गया कि सुबह का छाया कोहरा अभी छँटा नहीं है। कपड़े बदलते हुए हेमन्त ने लम्बी साँस लेकर कहा, "जब से इस नई कॉलोनी में हम आए हैं केवल झंझट ही झंझट हैं कोई ख़ुश नहीं।"

"हाँ...मगर यहाँ कुछ बातों का आराम भी तो है।" मधु ने कहा।

"लेकिन..."

"छोड़ो...।"

"छोड़ना क्या है...बच्चों के पुराने दोस्त छूट गए। पुराने फूलों के पौधे वहीं रह गए...शूटिंग रेंज पास होने से चिड़ियों ने आना छोड़ दिया और सुबह की मीठी नींद जाती रही। मार्केट भी दूर है...मैं सब समझता हूँ, मगर तरक़्क़ी के साथ बड़ा बँगला मिल रहा था, सोचा सब ख़ुश रहेंगे," हेमन्त ने खिन्न स्वर में कहा।

"हमने कितने चक्कर नर्सरियों के लगाए मगर हर जगह से यही सुनने को मिला कि सफ़ेद सदाबहार नहीं है...बल्कि मुझे तो उस कुसुम नर्सरी के माली का कहना बुरा लगा था कि मैडम! नये फूल लें...पुराने आउटडेटेड फूलों के पौधे कौन लगाता है अब? एक दर्जन उसने नीले-पीले-गुलाबी गुड़हल के गमलों की तरफ़ इशारा करते हुए कहा था कि अब पूजा में लाल गुड़हल को कोई नहीं पूछता सब यही ले जाते हैं।"

"समय बदल रहा है...बाज़ार में नये-नये सामान आते हैं। हमारी-तुम्हारी तरह तो ख़ुद हमारे बच्चे भी कहाँ रह गए हैं। माँ अपनी यादों में जीती हैं। वैसे तो सफ़ेद फूल ढेरों हैं मगर पापा को तो सदाबहार ही पसन्द था। मुझे याद है घर और खेत में, पेड़ों के चारों तरफ़ यही लगाते थे जिसकी छाया में वह लेटते-बैठते थे। अम्माँ की मजबूरी है। हमें उनका मन समझना होगा।"

"मगर समय के साथ बुज़ुर्गों को जवानों की परेशानी भी समझनी चाहिए।"

"अब यह समस्या तो एक बड़ी बहस चाहती है।" हेमन्त इतना कहकर हँस पड़ा, फिर कह उठा, "मुझे लाल गुलाब पसन्द हैं और तुम्हें सफ़ेद मोगरा...क्या पता बुढ़ापे में हम कहीं एक-दूसरे की पसन्द में अटक न जाएँ?"

"आपसे तर्क में कोई नहीं जीत सकता।" मधु खिलखिलाकर हँस पड़ी।

रात के खाने तक घर का वातावरण सहज हो गया था।

चलते हुए हेमन्त ने अम्माँ के पैर छुए और हँसकर बोला, "अम्माँ दिल छोटा न करो, पूजा में मुनकू बैठेगा, देखो मेरी कमर तक पहुँच चुका है...अब मुझे आशीर्वाद दो ताकि मैं इस प्रोजेक्ट में सफल होऊँ और वचन देता हूँ अम्माँ, लौटते ही तुम्हारे कमरे के चारों तरफ़ सफ़ेद सदाबहार के बूटे सजवा दूँगा...मुम्बई में हर जगह देखूँगा और लौटकर गाँव-गाँव ढूँढूँगा।" भावुक स्वर में हेमन्त बोला।

"मेरा आशीर्वाद कब तेरे साथ नहीं रहा पगले!" माँ ने आँखों में भर आए आँसू पोंछे, मधु ने दोनों बच्चों को प्यार किया और सास के पैर छुए।

"सदा ख़ुश रहो फूलो-फलो।"

उनके जाने के बाद तीनों वहीं सोफ़े पर बैठ गए। कुछ देर तक ख़ामोशी छाई रही।

एकाएक घंटी बजने से मुनकू ने लपककर फ़ोन उठाया।

"हलो! पंडित जी...नमस्ते...दादी को देता हूँ फ़ोन...।"

"जी, पंडित जी, हाँ समय सुबह बारह बजे...ठीक है। अगर सदाबहार नहीं मिला तो आप चाँदनी लेते आइएगा...जी...ठीक है।" फ़ोन रखकर दादी का मूड बदल गया।

"और दादी कौवे का क्या होगा?"

"तुम बन जाना कौवा!" एकाएक निक्की ने भाई को छेड़ा और खिलखिलाकर हँस पड़ी।

"वह कैसे?"

"बताऊँगी, पहले अपने हिस्से की चॉकलेट बार मुझे देने का प्रॉमिस करो।" हमेशा की तरह निक्की ने सौदा किया। मुनकू का चेहरा उतर गया। उसने चॉकलेट के बड़े से पैकेट को देखा फिर दूर बैठी दादी के मुँह को ताका और दिल पर पत्थर रख चॉकलेट का पैकेट बड़ी बेबसी के साथ बहन को दे दिया।

"यह हुई न बात!" निक्की चहकी, "कल बताऊँगी।" इतना कह निक्की फुर्ती से उठकर अपने कमरे की तरफ़ गई।

रात को जब दादी कहानी सुना चुकीं तो मुनकू सोच में डूब गया कि रिश्वत देने का यह सिलसिला कभी बन्द नहीं होने का। निक्की की नज़र फ्रिज में रखी मेरे हिस्से की आइसक्रीम पर भी है। कल वह माँगेगी तो वह भी देनी पड़ेगी। एकाएक वह व्याकुलता से उठ बैठा और दादी से बोला, "क्या हम कौवा पाल नहीं सकते? चिड़िया बाज़ार से जाकर ले आते हैं!"

उसकी बात सुनकर दादी खिलखिलाकर हँस पड़ीं और बोलीं, "अरे पगले, कौवा कोई पालने की चीज़ नहीं है।"

मुनकू फिर चिन्ता में डूब गया। अचानक पूछ बैठा, "दादी, अगर मैं भगवान से सच्चे मन से प्रार्थना करूँ तो क्या वह मुझे एक दिन के लिए कौवा बना देंगे?"

दादी उसके भोलेपन पर मुस्कुरा पड़ीं और उसे सीने से लिपटाकर बोलीं, "कल कौवा ज़रूर आएगा, तू चिन्ता न कर सो जा।" उन्होंने उसकी पीठ सहलानी शुरू कर दी। मुनकू की नींद से बोझल आँखें झपकने लगीं और वह गहरी नींद में डूब गया।

नींद में डूबा मुनकू कौवा बना घर की छत पर बैठा था और दादाजी की मनपसन्द खीर-सब्ज़ी व पूरी ठोंग मार-मारकर खा रहा था, दादी उसको निहारती हुई कह रही हैं, "देख निक्की तेरे दादा कैसे चाव से मेरे हाथ की बनी खीर और पूरी खा रहे हैं।"

सुबह जब मुनकू जागा तो सीधे निक्की के कमरे की ओर गया और दरवाज़ा खटखटाने लगा। अन्दर तेज़ आवाज़ से संगीत बज रहा था। कई बार दरवाज़ा थपथपाने के बाद आख़िर दरवाज़ा खुल गया। सामने ग़ुस्से से भरी बारह साल की निक्की खड़ी उसे घूर रही थी।

"क्या है?"

"वह..." मुनकू का गला सूख गया!

"समझी।"

"आई एम रेडी...।"

"चलो काले कपड़े पहनो और आधे घंटे के बाद मेरे कमरे में आ जाना।" कहकर उसने धड़ से दरवाज़ा बन्द किया। मुनकू सरपट अपने कमरे की तरफ़ भागा। ख़ुशी के मारे उसका दिल धड़क रहा था।

उसने ढूँढ़कर काली जीन्स और काली क़मीज़ निकाली और नहाने चला गया।

जब उत्साह से भरा मुनकू बहन के कमरे में पहुँचा तो वह कैंची से काले रंग का ड्राइंग पेपर काट रही थी।

"आ गए।" उसने टेप चिपकाते हुए कहा, "मैं चोंच बना तो रही हूँ मगर... अगर तुमने इस नाटक के बारे में ज़बान खोली तो मैं तुम्हारा साथ नहीं दूँगी।"

"प्रॉमिस बाई गाड!" मुनकू ने पूरे विश्वास से कहा।

"यह लो पंख और यह रही चोंच...है न बढ़िया?"

"जल्दी पहनाओ दीदी!" बेचैन हो मुनकू बोला तो निक्की हँस पड़ी और उसने चोंच की टोपी मुनकू को पहनाई फिर पंख लगाए।

"देखो तो अपने को आईने में लग रहे हो न पूरे कौवे?"

"यस दीदी!" मुनकू खिलखिलाया।

"पूजा के बाद तुम छत पर रखी पानी की टंकी के पीछे इसे पहनकर बैठ जाना। बस तुम्हारी चोंच और पंख ज़रा से दिखने चाहिए ताकि सबको लगे, उधर कौवा बैठा है, तब तक मैं कौवे का हिस्सा लेकर पहुँच जाऊँगी...तुम मज़े से खाना फिर नीचे उतर आना।"

"दादी कितना ख़ुश होंगी न दीदी?"

"अब यह तुम जानो मगर इस सारे नाटक के बाद तुम्हें मुझे..." निक्की ने उँगली उठाई।

"समझ गया दीदी...बेफ़िक्र रहो।" छोटा सा मुनकू बड़ा दानी बनकर बोला।

"फिर ठीक है।"

"थैंक्यू" मुनकू के जाते ही निक्की हँसी और चीज़ें समेटते हुए बोली, "मेरा भाई बुद्धू ही नहीं गधा भी है।"

थोड़ी देर ही गुज़री थी कि दरवाज़े पर दस्तक हुई और कुछ घबराया-सा मुनकू कमरे में आया और चुपचाप खड़ा हो गया।

"दादी को सब कुछ बता दिया?"

"नहीं...नहीं...भगवान क़सम! वह तो मैं..."

"मैं क्या...कुछ फूटोगे?"

"दीदी कौवा बनने के बाद यदि मैं ग़लती से उड़ गया तो?" परेशानी भरी आवाज़ से मुनकू बोला।

"क्या?" एकाएक समझ नहीं पाई निक्की।

"यही जो मैं उड़ गया तो?"

"ओ माई गॉड!" क़हक़हा मारकर निक्की हँसी और कह उठी, "तुम सचमुच पागल हो!"

"पागल ही सही, मगर...।"

"अरे बुद्धू तुम इनसान हो, कैसे काग़ज़ के पंख के साथ उड़ सकते हो?"

"तो क्या ग़लती तो किसी से भी हो सकती है।"

"तो ठीक है, तुम्हीं आए थे मेरे पास मदद माँगने, अब तुम्हारी दादी ख़ुश हों या दुखी आई डोंट केयर...गेट आउट!" निक्की क्रोध से उँगली उसकी तरफ़ उठाकर बोली!

"मैं सफ़ेद सदाबहार फूल तो ढूँढ़ सकता हूँ मगर कौवा कभी नहीं बनूँगा, कभी नहीं।" मुनकू का स्वर अचानक बदल गया। चेहरे पर विश्वास के साथ गर्दन कुछ अकड़ गई थी।

"डरपोक इनसान कभी ख़तरा नहीं उठाते।" तिरस्कार भरे स्वर में निक्की चीखी, "मैं पहले से जानती थी स्टुपिड।"

इतना सुनकर मुनकू पल भर रुका फिर कह उठा, "अगर मैं ग़लती से कौवा बन उड़ गया तो अगले साल दादा की श्राद्ध पूजा में कौन बैठेगा?" वह तेज़ी से कमरे से निकल गया, मगर जाते-जाते ड्रेसिंग टेबिल पर रखा अपना चॉकलेट बार उठाना नहीं भूला।

स्वर्ग व नर्क का फ़ासला

बरसात के मौसम के बिना, यह बारिश से भीगी एक सुबह थी, जब मैं ट्रैफ़िक की सुस्त चाल में फँसी बालभवन की तरह बढ़ रही थी। वहाँ समर कैम्प में आए साहित्य में रुचि रखनेवाले बच्चों से मुझे बातचीत करनी थी, वफ़ा मेरे साथ थी। आज से पहले वह कई बार बालभवन के प्रांगण में कबूतरों, बतखों, ख़रगोशों व चिड़ियों के साथ सीटी बजाती और दौड़ लगाती रेलगाड़ी पर बैठ युकी थी, तो भी आज की बात अलग थी। आज उसे स्टेज पर खड़े हो, बच्चों की भीड़ के सामने कुछ सुनाना था। एकाएक मेरी नज़र उसके चेहरे पर पड़ी। देखा, कल की छाँटी लिपस्टिक जो उसे मैंने फेंकने को दी थी, उसमें से एक का शेड उसके साँवले रंग के होंठों पर इधर-उधर फैला दमक रहा था। मैंने टोकना मुनासिब नहीं समझा और नज़रें खिड़की की तरफ़ फेरीं, जहाँ रिमझिम की झड़ी बदस्तूर लगी हुई थी।

बच्चे मेरे इन्तज़ार में थे, मेरी कहानी 'अपनी-अपनी दुनिया' सुनने के बाद उनके पास पूछने को ढेर सारे प्रश्न थे। आपने कब लिखा? क्यों लिखा या फिर कहानी कैसे लिखें? कहानी लिखने से पहले का मूड, घर में साहित्य पढ़ने का विरोध और इन्हीं सवालों के बीच एक सवाल यह भी उभरा कि आप अपनी कहानियों में न्याय कैसे दिखलाती हैं? छोटा-सा लड़का, छोटे-छोटे नैन-नक़्श और इतना गहरा सवाल! मैंने मुस्कुराकर उसे देखा, न्याय दिखवाने का कोई वायदा लेखक नहीं

करता, मगर न्याय पाने की तड़प वह ज़रूर पाठकों के मन में शब्दों द्वारा भरता है। यही लेखक की सीमा और दायित्व है।

बालभवन से लौटते हुए दरियागंज जाकर प्रकाशक को अपने परिचित की पांडुलिपि दी। लेखक को अपनी स्वीकृति फ़ोन पर दे प्रकाशक ने जल्द ही छापने की बात कही तो मन को अच्छा लगा। रास्ते में ख़याल आया कि क्यों न अपने फ़ेलो राइटर के घर भी झाँकती जाऊँ। यदि घर में हुए तो ख़ुद ही पूछ लूँगी कि क्या वह अभी भी हमारे बीच सप्ताह-भर पहले हुए वार्तालाप के किसी वाक्य से आहत हैं जो सारे फ़ोन बन्द कर, हर जगह से लापता हो चुके हैं? इस बात को जानना मेरे लिए ज़रूरी था कि ग़लती वास्तव में मेरी थी या फिर मैंने अपने आप ही ख़ुद को मुजरिम मान लिया है।

इन चन्द दिनों के अरसे में कितना कुछ आसपास घटा जिसको कहने और सुनने का मन था। जब किसी सामाजिक बीमारी का इलाज नहीं हो पाता तो देखने व सहनेवालों के पास एक ही अभिव्यक्ति बचती है, वह है—संवाद, इससे भारी मन को हल्का कर लेते हैं, मगर यह ख़ामोशी, यह तालाबन्दी, यह सज़ा क्यों? हमारे सरोकार, हमारी चिन्ताएँ, तो एक सी रही हैं जो समाज के दायरे में घूमती रही हैं।

मन और दिमाग़ को पछाड़ती हुई, बातों को याद करती हूँ। सोचती हूँ कि हम चारों तरफ़ होती घटनाओं से यूँ ही आहत रहते हैं फिर एक-दूसरे को रंज पहुँचा, हम किस खाने में खड़ा होना चाहते हैं। कोई बात पकड़ में नहीं आती है। एकाएक याद आया कि मैंने शायद रौ में कह दिया था कि सियासी स्थानों और निवासों पर जाने में झिझक महसूस होती है, और यही एक बात यक़ीनन उन्हें काँटे की तरह चुभ गई। लेखन और सियासत हमेशा एक-दूसरे के विरोधी रहे हैं। क़लम का प्रहार हमेशा ग़लत नीतियों पर कोड़े की तरह बरसता है। उनका भी बरसा है, फिर वह कैसे इकहरे हो केवल अपने को सियासी समझ बैठे जबकि हमारा रिश्ता तो केवल शब्दों का था और इसी अक्षर शक्ति से हम आलोचना के बाण सियासत की छाती पर चलाते थे। फिर उस शाम उन्हें कैसे अपने नेताई चेहरे से प्यार हो गया था, फिर मुझे ही इस बात का ध्यान रखना चाहिए था कि वह लेखक के अलावा भी कुछ और हैं।

ये सारी बातें सोचकर कार को उस बिल्डिंग की तरफ़ मोड़ा, जहाँ उनका निवास

था। दोस्ती किसी वाक्य की मक़तलगाह पर शहीद हो जाए यह कौन पसन्द करेगा? इसलिए मुझे अपने कहे को उनके दिमाग़ से मिटाने के लिए वहाँ जाना ज़रूरी था। मन में उत्साह था कि वफ़ा उन्हें देखकर, उनसे मिलकर ख़ुश होगी, उनका आया फ़ोन मुझे थमाना, उनकी किताबों को मासूम अन्दाज़ से रैक पर लगाना, उसी का काम था। इसमें उसे ख़ुशी मिलती थी। वह दुनिया की सबसे कम उम्र की सेक्रेटरी थी, आज जब उन्हें सामने बैठा देखेगी तो ज़रूर मन-ही-मन मुझे थैंक्स कहेगी। अक्सर वह पास बैठ हमारी एकतरफ़ा बातें सुनती और पूछती—

"अब आप अगला उपन्यास बच्चों पर लिखेंगी या फिर...?"

कार से उतर नीचे बैठे चौकीदार से पूछा तो पता चला कि साहब को सुबह से नहीं देखा है, मगर उनसे मिलने दो लोग ज़रूर आए थे जो कुछ देर पहले ही गए हैं। लिफ़्ट से ऊपर पहुँच दरवाज़े की घंटी बजाई, नौकर सामने था। मैं खुले दरवाज़े से अन्दर बढ़ी और सवालिया नज़रों से नौकर को देखा जो बारहा मेरा फ़ोन उठा चुका था। यह मेरा दूसरा फेरा था, पहली बार बेटी के साथ आकर मैं कॉफ़ी पीकर जा चुकी हूँ।

मैंने कहा, "दरवाज़ा खोलो।"

"साहब तो दो बजे बाहर निकल गए," उसने दबी आवाज़ में कहा।

"कब आए?" मैंने ताज्जुब से पूछा।

"दो दिन पहले।" इतना कहकर वह बैठक के बन्द दरवाज़े पर डटकर खड़ा हो गया।

"अच्छा? आने से पहले फ़ोन किया तो तुम कहते रहे कि वह शहर में नहीं हैं। अब इतनी दूर से आई हूँ कुछ देर इन्तज़ार करती हूँ, दरवाज़ा खोलो।"

"आप उनके न रहने पर बैठ नहीं सकती हैं।" उसका स्वर बदल गया।

"क्यों?" मेरी सारी सोच, मेरे संस्कार और मेरी समझ को गहरा धक्का लगा।

"साहब ने मना कर रखा है।" उसकी मजबूरी बड़ी ठोस थी।

"मेरा भेजा ख़त और किताब उन्हें मिली?"

"वह पी.ए. को पता होगा।"

"तुम कुक हो न?" मैंने शक दूर किया। उसने गर्दन हाँ में हिलाई और मुझे उस दिन की लाई कॉफ़ी की ट्रे और ड्राई फ्रूट की प्लेट याद आई। वफ़ा ने मुझे

देखा। उसे शायद प्यास लगी थी। माहौल उमस से भरा था। हम तंग-सी जगह में खड़े थे, याद आया मेरे फ़ोन पर दिए सन्देश मेरे एसएमएस, मेरे ख़त का कोई जवाब नहीं। क्या कोई इतना भी सख़्तदिल हो सकता है अपने साथी लेखक के प्रति? किसी भी तरह की नैतिक ज़िम्मेदारी का अहसास नहीं।

"ठीक है फिर मैं यहीं बैठकर कुछ देर इन्तज़ार कर लेती हूँ," वहीं प्लास्टिक की दो पड़ी कुर्सियों को देख मैंने कहा और मेरे साथ वफ़ा भी बैठ गई।

"यहाँ भी नहीं बैठ सकती हैं।" उसने उसी मुस्तैदी से कहा।

"तुम घर आए मिलनेवालों से ऐसा बर्ताव करते हो, साहब यह सब जानकर ख़फ़ा नहीं होंगे? तुम मुझे अच्छी तरह पहचान रहे हो फिर भी मैं भाई साहब से पूछ लेती हूँ कि मैं उनका इन्तज़ार करूँ या नहीं?" इतना कहकर मैंने फ़ोन मिलाया। पिछले दिनों की तरह ही घंटी पूरी जाकर बन्द हो गई।

"...फ़ोन नहीं उठा रहे हैं, लेकिन जब उन्हें पता चलेगा मैं आई थी तो तुम्हें वह ज़रूर डाँटेंगे।" इतना कह तो गई मगर फ़ौरन ही लगा कि क्या बोल गई। नौकर तो ख़ुद मालिक का रूप लग रहा था।

"यह काग़ज़ है, आप अपना नाम लिख दें।" बैठक के पास के दरवाज़े को खोल उसने गन्दा-सा फैक्स का पीला काग़ज़ थमाया।

"साहब अन्दर तो नहीं हैं?" यकायक मेरे मुँह से निकला और काग़ज़ के उस आधे फटे टुकड़े को पकड़ा। मैंने उस पर अपना नाम लिखा फिर ठहरकर कुछ और लिखा जो मुझे अब याद नहीं। मेरी दिमाग़ी हालत कुछ ऐसी हुई जैसे प्रकाश से भरे कमरे में, लिखी इबारतों को रौशनी निगल गई हो। जो गुज़रा था उसे देख मैं चकित थी। उसके इस व्यवहार से सकते में थी। मुझे करंट-सा लगा कि जिस लेखक को मैं अरसे से पढ़ती रही हूँ, उनकी संवेदनाओं का सिरा कहीं छूट गया और वे चेहरे जिनके अक्स उनके अदब में दर्ज थे, धुँधला गए। व्यथा कहीं खो गई, महसूस हुआ कि हमारे बीच अदब, खुलूस, प्यार, सरोकार आदमियत का कोई रिश्ता कभी था ही नहीं। जो था वह केवल बनावटी था जिसमें दर्द की सरिता का कहीं कोई पता नहीं था। मैंने सिर को झटका, लगा तत्काल मुझे यह सब नहीं सोचना चाहिए। वर्षों का जिया, एक पल में नहीं गँवाना चाहिए। मुझे धैर्य से काम लेना चाहिए, वापसी का रास्ता बन्द करना समझदारी नहीं है।

उमस से उबलते उस चौकोर कनडाल में अपमान और आश्चर्य से भरी मैं उठी। सियासी निवास पर न आने का मेरा फ़ैसला सही था या फिर किसी क़लमकार लेखक के मन पर लगी खरोंच को सहलाने का यह क़दम निरर्थक था। मन ने कहा, तुमने अपना फ़र्ज़ निभाया और दिमाग़ ने कहा, इनसान को पहचानना मुश्किल है, ख़ास कर उस शख़्स को, जो एक साथ दो नावों पर सवार हो। उसकी संवेदनाएँ व विचार दोनों किनारों के बीच भटकते हैं।

इस बीच वफ़ा नौकर से साहब का नाम सुन-समझ चुकी थी कि हम कहाँ और किससे मिलने आए थे। आठ साल के मुस्कुराते चेहरे पर एक उदास मुरझाई पर्त साफ़ नज़र आ रही थी। पता नहीं मेरा चेहरा अपमान से लाल था या स्याह पड़ चुका था। ज़िन्दगी-भर दरवाज़े पर आए फ़क़ीर, डाकिया, अजनबी से भरी गर्मी में पानी पूछना नहीं भूली, घर पर काम करनेवाले मज़दूर, प्लम्बर, बिजली मिस्त्री को हमेशा चाय-नाश्ता ट्रे में देने की हिदायत देनेवाली के लिए आज इस अनोखे अतिथि-सत्कार को ग्रहण करना कठिन था। ख़ास कर तब, जब उस लेखक का सारा अदब दूसरों के आँसू पोंछने और उनकी लड़ाई लड़ने के दावे में सर्फ़ हुआ हो। वह मेरा एक वाक्य गले से नहीं उतार पाया और बिना संकोच मुझे पुराने दुश्मनों की पंक्ति में खड़ा कर दिया और आज उसी को अजनबी क़रार दे उसके मुँह पर दरवाज़ा बन्द रखा जिसके पीछे मेरे भेजे हुए फूलों की महक अभी बाक़ी होगी।

मेरे अन्दर रात और दिन के मिलन का झुटपुटा नहीं उतरा बल्कि इस बात की बेचैनी उभरी कि मुझे वह चेहरा आज क्यों दिख गया जो इतने वर्षों से मुझसे छिपा था। यह मेरी ग़ायबाना मदद थी या फिर एक और हार। मैं कुछ तय नहीं कर पा रही थी। जो ख़ुलूस और प्यार 'गिल्ट' बन मुझे हफ़्ते-दो-हफ़्ते से जीने नहीं दे रहा था। उसे अपमान ने कुछ इस तरह सोख लिया जैसे मरनेवालों को यकायक ज़िन्दगी मिल जाए। वफ़ा जो इस बीच मूकदर्शक बनी बारी-बारी से हमारे चेहरे को ताक रही थी, थके क़दमों से मेरे पीछे-पीछे लिफ़्ट की तरफ़ बढ़ी।

"इन्होंने तो पानी के लिए भी नहीं पूछा।" वफ़ा का गला सूख रहा था।

"रास्ते में हम लोग कुछ ठंडा पिएँगे।" मैंने मुस्कुराने की कोशिश की।

बादल घिरे थे। बारिश थमी थी। मैं रास्तों के घुमाव को देखते हुए कई तरह

के ख़यालों में उलझी थी। पुराना, नया सब कुछ गड्डमड्ड हो रहा था तो भी एक बात रह-रहकर कचोट रही थी कि मित्रों में अनबन या मनमुटाव इतना लम्बा नहीं खिंचना चाहिए, जो है उसे संवाद के ज़रिये कह-सुनकर हल किया जा सकता है। बातचीत की ठंडी फुहार में सब कुछ धुल जाता है मगर जब सत्ता और आम आदमी आमने-सामने आते हैं तो नि:शब्द हो क़ानून बोलता है। पुलिस के डंडे बरसते हैं। सुनवाई के सारे दरवाज़े बन्द हो जाते हैं और जेल का दरवाज़ा खोल दिया जाता है...सलाख़ों के पीछे ढकेलने के लिए।

घर आकर जब मैंने कान के बुंदे उतार मेज़ पर रखे तो वफ़ा धीरे से बोली, "अम्मी, आज आप कहानी सुनाते हुए बहुत अच्छी लग रही थीं, मगर जब आप नौकर से बात कर रही थीं तो आपका चेहरा अच्छा नहीं लग रहा था।"

उसकी व्यथा का कच्चापन मेरी पीड़ा को पकड़ चुका था। मैंने उसके गाल सहलाए, रात को जब बत्तियाँ बुझ गईं। घर नींद में डूबने लगा तो सोने से पहले वह मेरे पास आकर बैठ गई।

"उनको फ़ोन करेंगी?" उसने पूछा।

"नहीं," मैंने गर्दन हिलाई।

"उनका आएगा?" जैसे वह मेरी राज़दार बनना चाह रही हो।

"नहीं।"

इतना कह मैंने उसकी पीठ सहलाई। हम दोनों चुप रहे फिर मैंने धीरे-से कहा, "अम्मा को मत बताना कि हम कहाँ गए थे, वरना उन्हें यह सब जानकर बहुत दुख होगा। शायद ग़ुस्सा भी आए।"

"अच्छा।" उसका इकरार था जैसे वह आठ से एकाएक अस्सी साल की हो गई हो। उसने ममता भरी हथेली से मेरे बाज़ू सहलाए।

"नींद नहीं आ रही आपको?"

"हाँ," मेरे इस तरह कहने पर वह बिस्तर से उठकर अपने पलंग पर चली गई।

मैं अँधेरे में लेटी सोच रही थी कि आज पहली बार वफ़ा ने बिना कुछ जाने-समझे अनजाने में ही इनसानी संवेदना का स्पर्श कर लिया है, तो भी वह इतनी बड़ी तो नहीं हो गई जो मैं उससे कहती अगर बात सिर्फ़ उनके और मेरे बीच की होती तो भी ग़नीमत थी, मगर यहाँ तो हमारे बीच से वे सारी आबादियाँ, शहर और

मुल्क ग़ायब हो गए जिसमें लाखों-करोड़ों लोग साँस लेते थे। इस वीराने में अकेली रह गई मैं कम-से-कम आज रात तो ज़रूर छटपटाऊँगी।

यह बात होगी 18 जून, 2007, तीन बजे दिन के लगभग की। तब मुझे नहीं पता था कि उस शाम आसमान पर पतले पीले चाँद की ख़ाली गोलाई के पास, बिलकुल क़रीब वीनस तारा झिलमिलाएगा और लोग उस सम्मोहन को देख हैरत और ख़ुशी महसूस करेंगे और बहुतों के कैमरे क्लिक करेंगे?

दूसरे दिन सुबह के अख़बार में वही तसवीर छपी थी और नीचे लिखा था—'स्वर्गिक नज़ारा'।

मगर किसी को पता नहीं था कि मैंने उस रात तनहा नर्क को कैसे झेला था।

ईदी

रमज़ान का आख़िरी रोज़ा खोलकर सब छत पर गए इस इन्तज़ार में कि आज ईद का चाँद दिख जाएगा। कुछ देर बाद आसमान पर एक बारीक लाइन नज़र आई और सब ख़ुशी के मारे खिलखिला उठे कि कल ईद है और आपस में मुबारकबाद देकर वाट्सएप का सिलसिला शुरू हुआ। जोक, तसवीरें, ईद के जोड़ों की नुमाइश इत्यादि। घर का माहौल बदलकर रह गया था। बच्चे दौड़-भाग रहे थे। असलम ने छोटे रंगीन कुमकुमों की झालरें घर की दीवारों पर फैला दीं। पल भर में हरे-नीले बल्ब जलने-बुझने लगे, फिर उन्होंने ईद के गीत चालू कर दिये। फ़िज़ा गूँज उठी।

"मुझे मिल गया बहाना तेरी दीद का..."

"इतना शोर किसलिए असलम?" रेहाना झुँझला पड़ी। उसके सर में सुबह से दर्द हो रहा था।

"इन्हीं गानों के सहारे क़तर में पूरे तीन साल गुज़ारे हैं...तनहाई क्या चीज़ होती है, तुम नहीं समझ सकतीं।"

पति की बात सुनकर रेहाना का दिल दुख-सा गया। वह आगे बढ़कर सलीम से बोली, "जानती हूँ, उतनी न सही आधी तनहाई तो मैंने भी झेली है।" रेहाना के चेहरे पर उदासी-सी छा गई।

"सबसे ज़्यादा दिल बच्चों के लिए तड़पता था फिर अम्मी-अब्बू के लिए।"

"और मेरे लिए..." हल्के सुर में हँसी रेहाना।

"पूछो मत! क़दम-क़दम पर...मेरा ख़याल करनेवाला वहाँ कौन था? ख़ुद पकाना, ख़ुद खाना, कुछ भूल गया तो कोई याद दिलानेवाला नहीं! मगर दिन में दो लफ़्ज़ ही सही हमारी आपस में बातचीत तो हो जाती थी। जलती ज़मीन पर गिरती

चन्द फुहारें।" असलम ने इतना कह बीवी को सीने से लगा लिया। मन-ही-मन कह उठा, "यह कैसा सुकून है...राहत के ये पल दो माह की छुट्टी के बीतते ही लू के थपेड़ों में बदल जाएँगे।"

दरवाज़े की घंटी की आवाज़ सुन असलम चौंक पड़ा और धीरे से बोला, "मैं देखता हूँ।"

आँगन में ठंड उतर आई थी। कल की बारिश ने तापमान को कम कर दिया था।

"अम्मी बालों में मेहँदी लगा दूँ।" रेहाना सिवईं भूनकर बावर्चीख़ाने से निकली और कड़ाही उठाए सास की तरफ़ बढ़ी।

कितने बज गए?

"आठ!" रेहाना इतना कह सास के बाल सुलझाने लगी। छोटी बेटी माँ से ज़िद करने लगी कि पहले मेहँदी उसके बालों में लगनी है।

"ज़िद कर रही है तो थोड़ी-सी लगा दो।"

"अभी टी.वी. देखने जाएँगी और तकिया, बिस्तर, सोफ़ा सत्यानाश होकर रह जाएगा।"

"मेरे साथ बाज़ार कौन चलेगा?" असलम ने बेटी को फुसलाया और पत्नी के हाथ से सामानों की लिस्ट ली।

गुलनार मेहँदी की ज़िद छोड़ पापा के साथ चल पड़ी तो रेहाना ने राहत की साँस ली। अभी किचन में ढेरों काम उसकी जान को लगे थे। क़बाब का मसाला चढ़ा उसने इमली भिगो दी थी। दही बड़े का दही बड़ा अच्छा जम गया था। भुने ज़ीरे की ख़ुशबू घर में तैर रही थी। रेहाना ने मेहँदी लगाना शुरू कर दी और धीरे से बोली, "अम्मीजान! क़िवामी सिवईं आप ही बनाएँगी न?"

"बनाती तो तुम भी लाजवाब हो मगर जाने क्यों डरती हो?"

"आप वाला मज़ा नहीं आ पाता है। वही सिवईं खाने तो सब आते हैं!"

"वह सब ठीक है...हाथ का दर्द कम रहा तो सुबह की नमाज़ के बाद ही पका दूँगी।" सास ने दूसरे कटोरे से हाथों में मेहँदी लगानी शुरू कर दी। बरसों से चला आ रहा डिज़ाइन। एक हथेली के बीच में चाँद का गोला बनाकर उँगलियों के पोरों को मेहँदी से ढकने लगी।

"आपके बाल दिन-ब-दिन कम होते जा रहे हैं।"

"ठीक है बहू। अब इस उम्र में घने बालों से गर्दन ही दुखेगी।" इतना कह सास हँस पड़ी।

"बाल दस बजे धुला दूँ?"

"जब हाथ ख़ाली हो।"

"जी!" रेहाना इतना कहकर लोहे की कड़ाही उठाए किचन की तरफ़ बढ़ गई। इस बीच बड़ा बेटा आसिफ़ ट्यूशन से लौट आया था और मेज़ पर बैठा 'इफ़्तार' के ठंडे पड़े गुलगुले और पकौड़ियाँ खा रहा था।

"अम्मी! क्या इस बार फूफीजान फिर आएँगी?"

"भाई से मिलने तो ज़रूर आएँगी!"

"फिर घर में लड़ाई होगी?" आसिफ़ ने परेशान होकर पूछा।

"बड़ों की बातों में पड़ने से मना करती हूँ न।"

"वह तो ठीक है मम्मी मगर ईद का सारा मज़ा किरकिरा हो जाता है और दादी भी रूठ जाती हैं।"

"इस बार ऐसा कुछ नहीं होगा। पापा सब कुछ सँभाल लेंगे। अब तुम नहा लो और अपने कमरे की चादर बदल डालो। दोपहर में नाज़ों ने सफ़ाई कर दी थी!"

"जी!" सत्रह साल का आसिफ़ इतना कह अपना बैग उठा दादी के पास गया।

"दादी! ईद मुबारक हो।"

"तुम्हें भी," दादी इतना कह प्यार से पोते को निहारने लगी।

"ठीक है दादी।" इतना कह आसिफ़ अपने कमरे में गया और कुछ देर थकन उतारने के लिए वहीं बिस्तर पर लेट गया। रोज़ा वह रोज़ मैट्रो में तोड़ता है। घर आते-आते भूख-प्यास से हालत ख़राब हो जाती है, लगता है पूरा जग नीबू के शरबत का एक बार में पी डालें। एकाएक आसिफ़ की पलक झपक गई।

चाँद रात ढल रही थी! रेहाना अपना सारा काम निबटाकर अब अपने हाथों में मेहँदी लगा रही थी। असलम वहीं तख़्त पर अधलेटा पत्नी के साँवले चेहरे को ताक रहा था। बाक़ी सारे लोग सो चुके थे।

"आसिफ़ पढ़ाई में ठीक-ठाक है। उसकी एज्युकेशन का मसला न होता तो मैं इस बार लौटकर न जाता। हालात वहाँ के भी दिन-ब-दिन ख़राब होते जा रहे हैं। वैसे तो बम हर जगह फटते हैं, पूरी दुनिया के लोग एक तरह के ख़तरे से जूझ रहे हैं बात सिर्फ़ मेरे अकेले की कहाँ है।"

"हाँ, सोचती तो मैं भी हूँ मगर चारा भी क्या है। यहाँ नौकरी मिलती तो तुम जाते ही क्यों? इधर छँटनी में लाखों की तादाद में उधर से लोग लौटे हैं उनका बुरा हाल है। पूँजी है नहीं कि यहाँ हम कुछ काम शुरू कर देते।" रेहाना ने ठंडी साँस भरकर कहा।

मेहँदी लगे हाथों के संग रेहाना वहीं तख़्त पर लेट गई असलम का बाजू तकिया बन गया।

ईद की सुबह दौड़भाग से शुरू हो चुकी थी। असलम ने साल-भर के खाए गल्ले के हिसाब से 'फ़ितरे' की रक़म निकालकर माँ के हाथों थमा दी ताकि वह किसी ज़रूरतमन्द को दे सकें और बेटे के साथ ईद की नमाज़ पढ़ने निकला। रेहाना के हाथों में फुर्ती थी। नमाज़ के बाद सिवईं चखने सब आनेवाले होंगे। मेज़ सज गई थी। गुलनार नई फ्रॉक पहने फुदक रही थी। रेहाना सास को तैयार कर ख़ुद नहाने चली गई। ससुर कल शाम को ही बेटी को लिवाने उसके ससुराल जा चुके थे। दामाद ने पिछली ईद पर हुई लड़ाई पर क़सम खाई थी कि फिर कभी ससुराल का रुख़ नहीं करेंगे। इसलिए बेटी ने बाप को बुलाया था कि वह आकर उसे ले जाएँ। भाई के साथ कुछ दिन रहने का मौक़ा मिल जाएगा। बहुत मनाने पर दामाद भी चलने को राज़ी हो गए थे।

उन तीनों का स्वागत हुआ और घर में ख़ुशियाँ-सी बिखर गईं, मगर आसिफ़ का दिल धड़क रहा था कि कोई अनहोनी घटकर रहेगी। रात तक कुछ उलटा-सीधा घटेगा और घर की ख़ुशियाँ सोग में बदल जाएँगी। पिछले कई वर्षों से वह यही देखता चला आ रहा है।

"अम्मा! भैया तो इस बार कई साल बाद आए हैं। ढेरों सामान लाए होंगे। देखते हैं मेरी ईदी क्या देते हैं?"

"जो लाया है वह देगा।"

"पता नहीं उसमें से भाभी ने जाने कितना पार कर लिया होगा।"

"बेकार की बात मत करो सनोबर!" माँ ने बेटी को मुँह नहीं लगाया। पिछले साल की लड़ाई उन्हें याद थी। ऐसा कुछ इस साल नहीं घटना चाहिए। वह भी ईद के दिन।

तीन साल बाद उनका बेटा आया था।

"अम्माँ! तुम सीधी हो! कुछ नहीं जानती हो भाभी की चालाकी!"

"बस! मैं अब तुम्हें बताना चाहती हूँ कि वह हमारी देखभाल करती है तुम नहीं! तुम किस तरह अपने सास-ससुर को रखती हो वह मैंने देखा है, ज़बान ज़्यादा मत खुलवाओ।"

"अम्माँ! तुम्हें हो क्या गया है?"

"वही जो बहुत पहले होना चाहिए था। बेटी के प्यार ने अन्धा कर रखा था मगर अब नहीं। तुम धीरे-धीरे अपनी हदें पार कर रही हो!"

"इस तरह मेरी बेइज़्ज़ती करने के लिए अब्बा को भेजकर बुलाया था?"

"नहीं, बस रस्म अदायगी के लिए भेजा था। और सुनो ध्यान से, कल तुम दोपहर के खाने के बाद वापस जा रही हो समझीं! इस बार तुम इस घर में कोई फ़साद नहीं करोगी, वरना मुझसे बुरा कोई न होगा। यह नसीहत ही तुम्हारी ईदी है समझीं।"

माँ की फटकार सुनकर सनोबर सन्नाटे में आ गई। उसने ताज्जुब से माँ के चेहरे को देखा। तभी कमरे में असलम दाख़िल हुआ। माँ का चेहरा तना और बहन का चेहरा उतरा देख उसका माथा ठनक गया। दिल ही दिल में कह उठा, "घर से दूर गोला-बारूद के डर से जान हलक़ में अटकी रहती है और वतन लौटो तो घरेलू झगड़ों के डर से जान सूखी रहती है।" वह कमरे में ठहरा नहीं उलटे पैर यह कहता कमरे से बाहर निकल गया, "आसिफ़! तुमने मेरा फ़ोन देखा है क्या?"

नये रंग की गन्ध

शादी तो उसने अपनी मर्ज़ी और पसन्द से की थी सब कुछ जानते-बूझते हुए। माँ के समझाने बुआ के धमकाने के बावजूद!

उसके पास हर बात का एक ही जवाब था—

"मैं ऐसी नहीं हूँ...वह ज़माना लद गया...वे चरित्र क़िस्से-कहानियों में ढल गए हैं बुआ!" मैं एक समझदार इनसान हूँ माँ, मानव अधिकार के महत्त्व को समझती हूँ!

"तू यह सब पुण्य कमाने के लिए...।"

"उफ़! भाभी! प्लीज़ मुझे इस तरह समझकर अपमानित न करो, मैंने उस शख़्स से प्यार किया है, उसकी हर चीज़ से मुझे प्यार है, उसके लिए मैं कुछ भी कर सकती हूँ समझीं आप?"

"यहाँ तक कि सौतेली माँ भी बन सकती है?" भाई के कटाक्ष भरे वाक्य को सुनकर झिलमिल तिलमिला-सी गई और आँखों में आए आँसुओं को पीती हुई धीमे से बोली—

"इस बार आपने कहा तो कहा मगर इसके बाद फिर कभी यह शब्द मुँह से मत निकालिएगा...उनकी एक ही माँ है और वह है सगी माँ, यानी मैं।"

"कुएँ में गिरती है तो गिरने दो माँ, हम समझा सकते हैं ज़बरदस्ती तो नहीं कर सकते हैं। तीस साल बहुत होते हैं अपना अच्छा-बुरा समझने के लिए। कोई बच्ची हो तो बात बहकाने और फुसलाने की करूँ। भर्राए गले से भाई ने क्रोध मिश्रित स्वर में कहा और कमरे से बाहर निकल गया।

बहू ने सास के दुखी चेहरे को ताका और लम्बी साँस लेकर धीमे से बोली—"झिलमिल, रमेश और गौहर का क्या होगा जो तुम्हारे लिए कुछ भी कर सकते हैं। उनका प्यार तुम्हें क्यों नज़र नहीं आता?"

"भाभी! प्यार हो जाता है, किया नहीं जाता है। दोनों मेरे अच्छे दोस्त और कुलीग हैं...बस! इससे ज़्यादा नहीं।"

"दुनिया हमने देखी है, जो रिश्ता बरसों से काँटों की झाड़ी बना है उसमें तू गुलाब खिलाने का ख़्वाब पाले है...तजुर्बा...इन आँखों और कानों ने बहुत कुछ सुना और देखा है, अनुभवों को मैं कैसे झुठला दूँ...।"

"मुझे भी अनुभव करने दो माँ! दुनिया में हर चीज़ के दो रुख़ होते हैं तुमने अभी तक नकारात्मक देखा है, मैं उसे सकारात्मक रूप से तुम्हारे सामने शायद रख सकूँ।"

"उफ़!" भाभी इतना कह कमरे से निकल गई। यह देख माँ बोली, "मेरी बात की गहराई को समझ बेटी! यह शादी मुझे किसी कोण से ख़ुशी नहीं दे रही है। माँ का दिल है...आनेवाली घटना को भाँप लेता है। थोड़ा रुक जा, जल्दी में फ़ैसला मत कर मेरी लाडो।"

"माँ, यह रिश्ता एक-दो दिन का नहीं पूरे तीन वर्ष का है। बच्चे मुझसे हिले हुए हैं, उन्हें मेरा इन्तज़ार है। इससे ज़्यादा देर की तो फिर समझो बच्चों का ज़हन...।"

"पता नहीं तुझे कैसे समझाऊँ! तेरी और कुमार की उम्र में पूरे बारह साल का फ़र्क़ है।"

"बस माँ! मुझे और मत डराओ, तुम्हारी यह बातें मेरा फ़ैसला नहीं बदल सकती हैं।"

झिलमिल के तेवर और लहजे का फ़ैसलाकुन अन्दाज़ माँ को तोड़ गया और वह न चाहने के बावजूद फफककर रो पड़ी।

झिलमिल कुछ देर माँ को रोता देखती रही फिर उसका दिल उमड़ा कि वह सब कुछ कह दे जो उसका सच है, तब शायद माँ को इत्मीनान हो। मगर क्या वह यह सब सह पाएगी? उसने माँ को डबडबाई आँखों से देखा और सर झुका लिया।

कुमार का रिश्ता झिलमिल से नापतौल का नहीं बना था। इत्तफ़ाक़ था जो दोस्ती में बदल घर बसाने की राह पर चल पड़ा था। कुमार को भी कई तरह से

ख़ौफ़ सताते थे। सौतेली माँ की परछाईं का भूत वहाँ भी मँडराता था कि यदि कल झिलमिल का मिज़ाज बदल गया तो वह किधर जाएगा? बच्चों की तरफ़ या हर क़िस्से-कहानी की तरह वह ज़ोरू का ग़ुलाम बन, जवान पत्नी का चेहरा ताकेगा और अपने ही बच्चों से आँखें मूँद लेगा?

शादी कई तरह की अड़चनों के बावजूद बड़ी अच्छी तरह से निबट गई। दिलों के मैल भी धुले और नये रिश्तों ने वातावरण को बदला। तीन और पाँच साल के मासूम बच्चों ने अपने बर्ताव से सबका दिल जीतना शुरू कर दिया और महीना-भर बाद ही माँ को लगने लगा कि उनका भय कितना फ़ज़ूल था। तो भी वह एक जुमला नहीं भूलती कल जाने क्या होगा?

साल पलक झपकते गुज़र गया और माँ की आशा अब निराशा में बदलने लगी कि अब तक बेटी ने ख़ुशी का समाचार नहीं सुनाया, आख़िर वह कब तक ज़िन्दा बैठी रहेगी? साठ के बाद तो ज़िन्दगी पर से विश्वास यूँ ही डगमगा जाता है कि जाने कब मौत आवाज़ दे दे। दामाद और बेटी के खिले चेहरे पर वह अपनी इच्छा का साया नहीं डालना चाहती थी। इसलिए वह अन्दर-अन्दर घुटती और बेटी की सूनी गोद देखकर कुढ़ती थी।

झिलमिल ने पहले तो नौकरी से इस्तीफ़ा दिया मगर वह मंजूर नहीं हुआ। साल-भर की छुट्टी ज़रूर मिल गई। अब वह नौकरी पर जाती, बच्चे नर्सरी और स्कूल, कुमार अपने नये बिजनेस में, ज़िन्दगी आहिस्ता मगर बड़े आराम से गुज़र रही थी। जिन्हें उनका यह सुकून खलता था और वे इनकी ज़िन्दगी में ज़हर घोलना चाहते तो भी वे कामयाब नहीं हो पाते थे। सौतेली माँ का मुहावरा कहीं काम नहीं कर पा रहा था। यह इत्तफ़ाक़ कहें या फिर नई सोच का फ़लक, जिसने रिश्तों के समीकरण को बिलकुल नई परिभाषा दे डाली थी।

झिलमिल जब भी घर में तनहा होती तो उसका ज़हन अक्सर पुरानी ज़िन्दगी की तरफ़ भटक जाता था। वे रातें भी उसे याद आतीं जो आँसुओं से भीगी थीं। एक तरफ़ माँ का शादी के लिए इसरार और दूसरी तरफ़ यह सच कि वह कभी माँ नहीं बन सकती है। डॉक्टर की इस पेशनगोई को उसने कई जगह और चेक कराया था फिर ख़ुद ही रो-धोकर सब्र कर लिया, मगर ममता को कैसे दबाती,

सुलाती और भूल जाती उस तमन्ना को जो माँ बनने के लिए उसे उकसाती और जब रमेश और बख़्तियार उसकी तरफ़ बढ़ते तो घबराकर पीछे हट जाती थी। ऐसे मौक़ों पर वह अपने सीनियर कुलीग के साथ उनके घर पहुँच जाती और अपनी चिन्ताओं से निकलकर उनकी चिन्ता में डूब जाती जहाँ उनकी दो माह की बच्ची आया के सहारे पूरे दिन तनहा घर में रहती थी। कभी-कभार का यह मिलना, बढ़ता गया और धीरे-धीरे झिलमिल के दिमाग़ में यह सवाल उभरने लगा कि मैं परिवार चाहती हूँ, परिवार वाला भरा-पूरा चहकता घर, अगर मुझे शादी ही करना है तो फिर किसी ऐसे आदमी से शादी करूँ जो पहले से औलाद वाला हो और...वह सोचते-सोचते ठहर जाती।

"क्या ऐसा हो सकता है? बच्चों वाले बाप से क्या उसे इश्क़ हो सकता है? कहाँ मिलेगा ऐसा मर्द...जवान मर्द? क्या वह मर्द भी उसे प्यार दे पाएगा?"

इन्हीं सवालों से उलझती हुई वह अपनी मेडिकल रिपोर्ट के बारे में न माँ से न भाभी से कुछ बता पाई, उस सदमे से तो वह बाहर निकल आई थी, अब उसे नई ज़िन्दगी का नक़्शा बनाना था। हँसी-हँसी में वह रमेश और बख़्तियार का दिल टटोल चुकी थी कि क्या कोई मर्द किसी बाँझ औरत से शादी कर सकता है? उनका जवाब तड़ से आया, मुश्किल है। बात आई-गई हो गई, मगर उसके लिए एक नई समस्या कि अब आगे क्या होगा?

वह उन लड़कियों में से नहीं है जो सच को छुपाए और न उनमें से जो परिवार के बिना तन व तनहा 'वर्किंग गर्ल' बन सारी ज़िन्दगी तनहा नौकरी करते गुज़ार दे?

फिर...शादी के बिना भी तो लड़कियाँ लावारिस बच्चों को गोद ले रही हैं। यह, वह भी तो कर सकती है फिर चिन्ता काहे की?

अब तो वह आज़ाद है कि रमेश की तरफ़ बढ़े या बख़्तियार की तरफ़। उनकी आँखों के ख़ामोश पैगाम को वह अनपढ़ा छोड़कर रास्ता बदल ले। उसके लिए यही बेहतर है...माँ कुछ भी कहे...भाई, भाभी कुछ भी समझें। उसका सच भी तो एक सच है जिसके साथ उसे जीना है।

ज़िन्दगी तो झिलमिल की उस दिन बदली जिस दिन कुमार की बेटी ने उसकी तरफ़ लपक...म ममा कहा। पहला शब्द!

सभी एकाएक भौचक रह गए।

आया हँस पड़ी। कुमार मुस्कुरा पड़े। किसने क्या सोचा क्या नहीं सोचा मगर उसके अन्दर कुछ चिटका था।

उस चिटकन के नीचे ममता की सरिता धीमे-धीमे बह रही थी। अपना यह अनुभव यह अनुभूति किसे सुनाए किससे कहे कि वह माँ बन सकती है?

बेटा भी बहन की देखादेखी उसे मम्मी कहने लगा और वह जाने किस जज़्बे से बँधी कुमार के घर हर दूसरे-तीसरे दिन पहुँचने लगी।

कुमार अनजाने में झिलमिल की तरफ़ बढ़ रहे थे या नहीं मगर उनको अपनी हक़ीक़त पता थी कि कुँवारी, स्मार्ट और बढ़िया कमानेवाली शालीन घर की लड़की पति के रूप में उन्हें कभी पाना नहीं चाहेगी, इसलिए वह अपनी हर भावना से अनजान ही रहे मगर झिलमिल नहीं।

झिलमिल को अपने और कुमार का यह दोस्ताना रिश्ता विवेचना की माँग कर बैठा क्योंकि उसके सामने ज़िन्दगी ने दरवाज़ा खोला था।

कुमार शरीफ़ इनसान था।

अच्छा कमाता और बच्चों का ध्यान रखता...और क्या पता...उसके अन्दर कैसा और कितना रोमांटिक आदमी छुपा है जो रिश्ते के बनते ही उसके कुँवारे जज़्बात क़ो पूरे अरमान से समझे।

झिलमिल को चन्द माह के लम्बे फ़िक्र व कई बार इम्तहानों से गुज़र यह महसूस हो गया कि वह कुमार को पसन्द करती है, दो दिन से तीसरा दिन गुज़र जाए तो वह कुमार के बच्चों को मिस करती है। उनके बीच जो शालीनता का पर्दा पड़ा है वह दरअसल उनकी ऑफ़िस की स्थिति के कारण है...वे अपने को सहकर्मी समझते हैं दोस्त प्रेमी नहीं।

कुमार के मन की बात भी उसे समझनी होगी मगर कैसे...

"यार तुम लोग शादी क्यों नहीं कर लेते?" बचपन के दोस्त ने एक दिन दोनों से कह दिया, पता नहीं मज़ाक़ में या कटाक्ष में, कुमार सिटपिटा गया और झिलमिल मुस्कुरा दी। जो भी हो शरारत से कहा वह जुमला दोनों के सामने एक रुपहली राह खोल गया।

आधुनिक समय की प्रेमगाथा, या

आधुनिक रिश्तों का नया समीकरण...नहीं

आधुनिक दौर में रिश्तों की नई परिभाषा लेकर आख़िर क्या?

सोचते-सोचते झिलमिल हँस पड़ी।

बन्द दरवाज़े के पीछे से बच्चों की चहकार सुनाई पड़ी तो वह चौंक पड़ी। वे दोनों आया के साथ पार्क से लौटे हैं। उसने आगे बढ़कर दरवाज़ा खोला।

दोनों भागते हुए उसके पैरों से लिपट गए। उसने बेटी को गोद में उठाकर चूमा और बेटे के सर को सहलाती खाने की मेज़ की तरफ़ बढ़ी जहाँ उसने अपने हाथों पकाकर कुछ रखा था।

फ़ोन की घंटी बजी।

"हलो! माँ का फ़ोन था। उसने माँ से वायदा किया कि वह कल ज़रूर ऑफ़िस की वापसी पर उनके पास आएगी। होली उन्हीं के साथ मनाएगी।"

बच्चों को कहानी सुनाते हुए वह सोच रही थी क्यों न कल माँ को भी अपनी सच्ची कहानी सुना ही डाले ताकि वह चैन की साँस ले सके। उनके मन में फँसी फाँस भी निकल जाए और वह उसकी नज़र से भी इस दुनिया को देखकर अपनी पुरानी सोच से बाहर निकल आएँ कि उनकी बेटी ने आख़िर कुछ अलग अनुभव किया है।

हथेली में पोखर

यहाँ से वहाँ तक मकानों के जंगल फैले हुए थे। जो घने सायेदार पुराने दरख़्त थे, वे कॉलोनी के नक़्शे के पहले ही काटकर ख़त्म कर दिए गए थे। हल्की धूप के बादल घरों को घेरे रहते, जिसमें रेत और सीमेंट के कण मिले होते। बाज़ार दूर था। मज़दूरों की ज़रूरत के मुताबिक़ जो चाय की झुग्गी और इकलौता ढाबा वजूद में आया था, उसका अब कोई निशान बाक़ी नहीं रह गया था। लोगों ने बसना शुरू कर दिया था। इस भीड़ में कैलाश भी था, जो इस ख़याल से उबर नहीं पा रहा था कि वह एक अदद मकान का मालिक बन गया था। कहने को छोटे-छोटे दो कमरे थे, मगर उस पर दाख़िल और क़ाबिज़ तो कैलाश ही था। उसकी यह ख़ुशी उसकी पत्नी रीता और दोनों छोटे बच्चों में भी नज़र आती थी।

किराए के मकान में रहते-रहते वे दोनों ऊब चुके थे। बार-बार मकान का बदलना, फिर कभी पानी नहीं, तो कभी बिजली नहीं, तो कभी मकान मालिक से बहस, तो कभी पड़ोसी से मनमुटाव। अब अपना घर था। जैसे चाहो रहो—न कोई रोकने वाला था, न कोई टोकने वाला कि यह मत करो, वह मत करो। पहली रात थोड़ा-बहुत सामान जमाकर दोनों घोड़े बेचकर सोए। सुबह उठे तो कैलाश ने रीता से कहा, "क्यों, अब तो कोई शिकायत नहीं है?"

"बस, बाज़ार दूर है। सब्ज़ी-भाजी तो आपको लानी पड़ेगी।"

"उसकी चिन्ता मत करो, ऑफ़िस से लौटते हुए ज़रूरत का सारा सामान मैं ले आया करूँगा।" कैलाश ने मगन होकर कहा।

"वह तो ठीक है...मगर जब तक तुम लौटोगे तब तक बच्चों के सोने का समय हो जाएगा।" रीता ने चिन्ता से कहा।

"फ्रिज तब तक ठीक हो जाएगा जब तक मेरी छुट्टी ख़त्म होगी।"

कैलाश ने जल्दी से कहा और बाथरूम की तरफ़ बढ़ा। वह अपना मूड ख़राब नहीं करना चाह रहा था। शावर खोलते ही जलप्रपात की तरह पानी उसके सिर पर गिरा। आज वह देर तक नहाता रहा। उसे अपनी अक्लमन्दी पर ख़ुशी महसूस हो रही थी कि उसने इस दूर बियाबान में ही सही, मकान लेकर अच्छा काम किया। आबादी के बसते ही बाज़ार भी बस जाता है। फेरीवाले तो कल दिखे थे। जिस तरह शहर फैल रहा है, उसके देखते हुए हर कोई हिस्सा अभी तक वीरान नहीं है। इधर कॉलोनी बनी उधर रौनक शुरू हो गई। बस स्टॉप बनते ही दूरियाँ कम हो जाएँगी।

धीरे-धीरे सारे घर बस गए थे। चहल-पहल ने माहौल बदल दिया था। मिलना-जुलना भी शुरू हो गया और कुछ दूरअंदेश लोगों ने मिलकर एक कमेटी भी बना ली थी, ताकि बाक़ी बची सहूलियतों की प्राप्ति में आसानी हो। दीवाली में दीयों से सजे घरों में सबको अलग तरह की चमक नज़र आ रही थी। नए घर में पहली दीवाली पड़ी थी, इसलिए कुछ ज़्यादा ही ध्यान ख़रीदारी और मेहमानदारी पर था। कैलाश ने खिड़की-दरवाज़े के परदों के साथ पुराना सोफ़ा भी बदल दिया था। धनतेरस में कहाँ एक-दो बरतन ख़रीदता था। इस बार किचन भी नए बरतनों में चमचमा उठा था। पटाखे भी दिल खोलकर छुड़ाए गए। दीवाली कुछ इस तरह मनी थी कि उसकी याद कई महीनों तक ख़ुशी देती रही।

गर्मी की शुरुआत और जाड़े की विदाई से मौसम तो बदला ही, साथ ही स्थिति भी बदल गई। कैलाश के अन्दर नाचती ख़ुशी चिन्ता में बदलने लगी थी। शहर में पानी की कमी से कैलाश के मन में भी धुकधुकी-सी लगी रहती कि मोटी धारवाले नल कहीं धोखा न दे जाएँ। मई माह शुरू हो गया था। कॉलोनी में दो दर्जन पेड़ों को बारी-बारी से पानी मिल रहा था। उन्होंने अपना क़द भी बढ़ाया था। धूल भी उड़ना बन्द हुई थी। रोज़ कहीं-न-कहीं कोई छिड़काव कर सूखी मिट्टी का भुरभुरापन ख़त्म कर रहा था। कुछ ने घास लगाकर रॉक गार्डन बनाने की भी कोशिश की थी। जिसके पास जो था, उसी में वह बेहतर से बेहतर

तरीक़े से रहने की कोशिश कर रहा था। कैलाश के घर के सामने भी गमलों की क़तारें नज़र आने लगी थीं, जिसमें रोज़ काजल और केसर पानी देते और बड़ी देर तक नन्हे पौधों में नई पत्तियों के फुटाव को तलाश करते हुए रंग-बिरंगे फूलों की कल्पना करते।

"मैं पहला फूल अपने मैम को दूँगा," काजल कहता।

"कैसे दोगे?" केसर आँखें मटकाती।

"क्यों? तोड़कर दूँगा।" काजल उसकी अज्ञानता पर हँसता।

"वह तो पहले ही पापा तोड़ लेंगे।" केसर ने सिर हिलाते हुए कहा।

"यह तो हमारे गमले हैं। पापा कहते हैं कि इनकी देखभाल तुम्हें करनी है, सूखने न पाएँ।" काजल बोल उठा।

"पापा मम्मी से कह रहे थे कि जब हमारे घर में पहला फूल खिलेगा, तो मैं उसे तुम्हारे बालों में लगाऊँगा। मैंने ख़ुद पापा को कहते सुना है।" केसर ने काजल को बताया। यह सुनकर काजल उदास हो गया। उसका उतरा चेहरा देखकर केसर भी उदास हो गई। दोनों कुछ देर गमलों के पास चुपचाप बैठे रहे। फिर काजल ने धीरे से कहा—

"यह भी तो हो सकता है केसर कि सारे गमलों में साथ-साथ फूल खिलें?"

"हो सकता है। ऐसा हो सकता है, भैया!" केसर ने कहा।

दोनों के चेहरे पर ख़ुशी तैर गई। एक-दूसरे की तरफ़ देख दोनों हँस पड़े।

यह ख़ुशी भरी हँसी, जो सभी के चेहरों पर नाचती रहती थी, जून के आते ही झुँझलाहट और बेबसी में बदल गई। पानी की लाइन कट गई थी। मेन टंकी सूखी पड़ी थी। फूल खिलना तो दूर, पौधे ही मुरझाने लगे थे। कॉलोनी कमेटी भी क्या कर सकती थी? जब पूरा शहर इसकी चपेट में था। अब एक ही चारा रह गया था कि पानी के टैंक मँगाए जाएँ और क़तरा-क़तरा पानी नाप-तौलकर ख़र्च किया जाए। मेल-मिलाप की जो बयार इस नए मोहल्ले में उल्लास बनकर बही थी, उसने अपना रूप बदल लिया था। एक चिड़चिड़ाहट-सी सबके दिमाग़ों पर हावी रहती और मन-ही-मन अपने को कोसते कि सस्ते के चलते इस बियाबान में आकर क्यों बसे? कॉन्ट्रैक्टर अपना दिया वायदा छह माह तक पूरा करके अब स्थिति के सामने लाजवाब हो गया था। उसके बस में कुछ नहीं रह गया था।

"इतना महँगा पानी हम कब तक खरीद पाएँगे?" रीता परेशान होकर सोचती।

"कहीं यह मकान बेचना न पड़ जाए।" कैलाश चिन्ता में डूब जाता।

"बच्चों के भविष्य का क्या होगा?" रीता बजट देखती।

"सेविंग एकाउंट में पिछले दो माह से रुपए डाले नहीं। अगर यही हाल रहा खर्चे का तो? पेट्रोल का, पानी का, खाने की चीज़ों का...सभी का ख़र्चा बढ़ गया है। अपना मकान पाकर हमें क्या मिला? किससे जाकर शिकायत करें?" कैलाश पास-बुक को खोलता, बन्द करता परेशान हो सोचता।

कॉलोनी एक बार फिर पहली वाली स्थिति में लौट आई। पेड़-पौधे सूख गए। रॉक गार्डन और नन्हे-नन्हे घास के चबूतरेनुमा लॉन कहीं खो गए। गरम तेज़ धूप जब अपना आँचल फैलाती, तो लू के धूल भरे भक्कड़ पूरी कॉलोनी में चीख़ते फिरते। अब न कोई इस डर से अतिथि सत्कार का मन बनाता, न कोई किसी के घर जाता कि बेकार में पानी ख़र्च होगा, चाहे चाय बनें या शरबत, जूठे बरतन तो धोने पड़ेंगे और इस चक्कर में आधा बाल्टी पानी ख़र्च हो जाएगा। पानी घटा तो संवेदना भी जैसे शिथिल पड़ने लगी।

गरमी अपने भरपूर जोबन पर थी। बिजली के न रहने पर दो छोटे कमरे तन्दूर बन दहक उठते थे। करवट बदलते, उठकर बार-बार पानी पाने से भी न पसीने की धार रुकती,न नींद आती। काजल अंघौरियों से लाल पीठ की चुनचुनाहट से तंग आकर नहाना चाहता, तो रीता उसे बहलाती, पाउडर डाल पीठ सहलाती और धीरे से कान में कहती—

"दो ही बाल्टी पानी है। सुबह पापा को ऑफ़िस जाना है...मैं पंखा झल तो रही हूँ।"

उधर केसर हठ करती कि ठंडी पेप्सी नहीं, तो ठंडा पानी तो दो। उसे तरह-तरह का प्रलोभन दे रीता मनाती और कभी-कभी आँखों से गिरते गरम पानी को आँचल से पोंछ लेती। वह ग़ुस्सा दिखाए भी तो किस पर? एक उन्हीं का परिवार तो यह कष्ट झेल नहीं रहा है, पूरे डेढ़ सौ परिवार इस यातना से गुज़र रहे हैं। कैलाश गई रात एक मनसूबे बनाता, फिर इस ख़याल में डूबने लगता कि वह कुएँ की जगत पर बैठा ठंडे-ठंडे पानी को बदन पर उड़ेल रहा है या सरकंडों से घिरे तालाब में तैर रहा है। इस फैंटेसी का सृजन कर पसीने से डूबे कैलाश को देर रात में नींद आ

ही जाती। सारे दिन का धका और ताप बदन घर की भट्ठी में भुनता ज़रूर, मगर यही पीड़ा उसे नींद में डूबने में मदद भी करती।

गर्मी कम नहीं हुई।

काजल अपनी मैम को फूल नहीं दे पाया। कैलाश रीता के जूड़े में फूल नहीं लगा पाया। रीता के चेहरे का कँवल नहीं खिल पाया।

संवेदना हसरत बनते-बनते आख़िर शुष्क पड़ने लगे और सारी इच्छाएँ यथार्थ से टकराकर चूर-चूर हो गईं। टूटे गमलों को हटा दिया और उसकी जगह सदाबहार काग़ज़ के फूलों का गुच्छा मंगल बाज़ार से ख़रीदकर रीता ने गुलदानों में खोंस दिया। रसेदार सब्ज़ी बनाना लगभग बन्द हो गई।

"मम्मी, इस फ्रॉक से बदबू आ रही है, दूसरी दो।" केसर मचलती।

"कहाँ बदबू आ रही है? जल्दी से पहनो, तो मैं हलवा बना दूँ।" रीता की रिश्वत काम आ जाती और रोज़ धुले कपड़े पहनने वाली केसर दो दिन की पहनी फ्रॉक को फिर से पहनने पर राज़ी हो जाती। उसके नथुनों से पसीने की गंध की जगह देसी घी में भुने सूजी के हलवे की सुगन्ध भर जाती।

ज़िन्दगी बड़ी किफ़ायत से आगे बढ़ रही थी। रोज़ का मोरचा था जिस पर डटे हुए युद्धरत रहना था। अन्दर जमा धैर्य शक्ति को बड़ी कंजूसी से ख़र्च कर रहा था। कैलाश के लिए दफ़्तर-घर दोनों चुनौतियाँ दे रहे थे। नए अफ़सर ने आकर नीति बदली, तो पुराने काम करनेवालों को अपनी आदतें और काम करने का ढंग बदलना पड़ा। कैलाश दफ़्तर में समझौतों की चक्करघिन्नी बना घर लौटता तो वही मशक़्क़त रीता को करते देखता। रीता का चेहरा अब मुस्कराना भूल चुका था। उसकी आँखों के दोनों तरफ़ सिलवटें पड़ने लगी थीं। बाल भी रूखे-रूखे लगते और आँखें थकी-थकी सी, जैसे बरसों से सोई न हो।

इन दो वर्षों में हमने उम्र के दस वर्ष पार कर लिए हों जैसे...यही रफ़्तार रही तो...कैलाश परेशान हो माथा रगड़ता। ऑफ़िस से लिया लोन न नौकरी बदलने देता, न मकान छोड़ने देता। वह बुरी तरह फँस चुका था। किराए के मकान में सारे कष्टों के बाद हम चारों उड़ान तो भरते थे। दुख-सुख में विश्वास बना रहता था। वह विश्वास कहीं पर हिल गया है। वर्तमान देख भविष्य की चिन्ता हरदम सवार रहती है कि कल क्या होगा? इन बच्चों का क्या होगा? क्या हमारे बनाए प्लान

और हमारे देखे सपने पर इनका भविष्य निर्माण होगा या फिर हमारी योजना कब हमारी कोशिशों से अन्त तक पहुँच पाती है, फिर इनके लिए जीवन का एक स्वरूप बनाना रेत पर बुनियाद खड़ी करने जैसा नहीं है?

"जून के अन्तिम सप्ताह तक मानसून के आने की आशा है।" समाचार में दी गई सूचना कैलाश के मन में आशा के दीप नहीं जला पाई। शायद इसलिए भी कि ऊपर से बरसा पानी उसकी ज़रूरतों को पूरा नहीं कर सकता। भले ही वह खेत व बागानों पर बरसकर ख़ाली सूखी नदी-ताल को भर सकता है, मगर मरे पौधों में जीवन नहीं भर सकता। नल में पानी की मोटी धार बनकर नहीं गिर सकता है। यहाँ कपड़ा पहने-पहने बारिश के पानी में नहाने का मज़ा तक कोई नहीं ले सकता, फिर हमारे किस काम की? बारिश और फिर उमस! कैलाश की खिसियाहट कल्पना की उड़ान पर चढ़ी फटी पतंग बन खुले आसमान पर इधर-से-उधर डोल रही थी। निराशा ने उसे घेर रखा था। उसे अपनी किराए की बरसाती याद आ रही थी, जहाँ खिली धूप और चाँदनी थी। अगर गरम हवा के थपेड़े थे, तो बरसात की ठंडी हवा भी, मगर इस घुटे घर में सब कुछ राशन से मिलता है। बिजली चली जाती है, तो खिड़की भी और बालकनी भी कोई राहत नहीं दे पाती है। आख़िर कहाँ फँस गया वह?

मोहल्ला परेशानियों से ऐसा घिरा कि आपसी सम्बन्ध तो दूर, आँखों की शर्म भी जाती रही। न दोस्ती बढ़ेगी, न एक बाल्टी पानी की माँग होगी। नाली बन्द हो जाए या फिर सीढ़ी धोने के लिए जमादार पानी माँगता, तो सब आनाकानी कर जाते थे। धूल के साथ एक बदबू भी हवा में घुलने लगी थी, जिससे बच्चे भी बीमार जल्दी-जल्दी पड़ने लगे थे। यह एक नया ख़र्च सामने आन खड़ा हुआ था। रीता का हौसला चुक गया था, मगर वह कुछ बोल नहीं सकती थी। मजबूरी और बेबसी ने उसके होंठों पर ताला डाल दिया था। कभी-कभी कैलाश को ताकती तो उसका चेहरा देख पहले से ज़्यादा अधमरी हो जाती।

"गाँव से फ़ोन आया है—चाचा नहीं रहे।" दोपहर को एकाएक कैलाश ने घर पहुँचकर सूचना दी।

"यह तो बहुत बुरा हुआ।" रीता उदास हो बोली।

"मेरी अटैची ठीक कर दो, मुझे अभी एक घंटे बाद निकलना होगा।" कैलाश

इतना कहकर पसीने से भीगे कपड़े बदलने लगा। बाल्टी का पानी गरम था। बिजली न होने के कारण पीने का पानी भी ठंडा न था। अन्दर-बाहर की गरमी को झेलते हुए कैलाश ने गाँव की राह ली। उसी गाँव की, जिससे भागकर वह इस बड़े शहर में आया था।

गाँव पहुँच कैलाश उदास हो गया। यह उदासी गहरी और पर्तदार थी। चाचा के बाद पुरानी पीढ़ी का अध्याय समाप्त हो गया था। घर-परिवार में वह अब सबसे बड़ा था। चाचा तहसीलदार थे। रिटायरमेंट के बाद गाँव आकर बस गए थे। पिछले दस वर्षों में उन्होंने कच्चे घर को पक्का करवा बहुत आरामदायक बना लिया था। बिजली, कूलर, फ़ोन—सारी सुविधाओं के साथ नल-कुआँ और हैंडपम्प भी मौजूद थे। पानी की इफरात थी। दूसरी ओर, उसके घर का हिस्सा टूटकर मिट्टी का ढेर हो चुका था। सामने वाला तालाब भी सूख चुका था, जहाँ गाँव के लोग मवेशी बाँधते या फिर कूड़ा डालते थे। चचा की दी गई कई बार की चेतावनी कि घर बिसमार हो रहा है, यदि ख़ुद न देखो, तो हमसे कहो कि पुरखों की ड्योढ़ी सँभाल लें, मगर वह गुमसुम बना रहा। पिताजी व चचा के बीच सम्बन्ध कड़वे थे। पिता ने मरते-मरते ये शब्द कहे थे कि चचा की आँख हमारे हिस्से पर है। आज कैलाश को लग रहा था कि उसी वाक्य का बहाना बना वह शहर में अपने ठौर-ठिकाने की तलाश में था, मगर आज क्या हुआ? चचा चले गए। कैलाश उन्हीं के हिस्से में ठहरा हुआ है। अपने घर का हाल देख वह व्यथा में डूबने लगा। वहाँ केवल मलबे का ढेर था।

"भैया, हम तो अपने-अपने घर हैं। अब यह सब कौन सँभालेगा?" चचा की बड़ी बेटी ने बाप के घर से चलते हुए कैलाश के सीने पर सिर रख सुबकते हुए कहा।

"सब हो जाएगा, कनु...रो मत।" कैलाश ने भरे गले से कहा।

तीन दिन बाद घर ख़ाली हो गया। दोनों छोटी बहनें फिर आने को कहकर चली गईं। कैलाश की छुट्टी भी ख़त्म हो गई, मगर तेरहवीं किए बिना उसका गाँव से निकलना कठिन लग रहा था। उधर काजल बीमार पड़ गया था।

कैलाश भरी धूप में नाम के घने पेड़ के नीचे लेटा अतीत के झूले में झूल रहा था। कुएँ की जगत पर आसपास की औरतें पानी भर रही थीं। उनकी हँसी व खनकती चूड़ियों की आवाज़ भी उसके कानों में गूँज रही थी। उनका मन शहर

और गाँव के बीच भटक रहा था। आज सुबह से बिजली नहीं है, नल सूखे हैं। सबने घड़े कुएँ से भर लिये...चिन्ता की जैसे कोई बात नहीं। कैलाश व्याकुल सा चारपाई से उठा और सामने फैले खेत की तरफ़ देखते हुए सोचने लगा—"आख़िर ग़लती कहाँ पर हुई है हमसे?"

"अपनी जड़ों से नाता न तोड़ो, भैयाजी!" कहीं से चाची की आवाज़ हवा में सरसराती कैलाश के कान में पहुँची।

"कच्चा घर लेकर क्या बैठना! समय आगे बढ़ चुका है। तालाब भी पाटकर समाप्त करो, नल खिंच गए हैं। अब मच्छरों को नेवता देकर क्या करेंगे? रहा सवाल सिंघाड़े का, वह कौन खाता है?" यह आवाज़ कैलाश के पिता की थी।

"जैसी आपकी मरज़ी।" चचा की आवाज़ गूँजी थी।

"तुम्हारी मजबूरी है कि तुम लड़कियों के बाप हो, ब्याह दिया दोनों को, मगर अपन तो बेटा है। जहाँ वह वहीं हम। शहर की ज़िन्दगी का सुख तुम क्या जानो!" पिता इतना कहकर हँस पड़े। उनके स्वर में ऐसा कुछ था जो चचा को गहरे आहत कर गया था। कैलाश बड़ी देर तक टहलता पुरानी बातों को याद करता रहा।

"अकेले आए हो का, अच्छा होता कि बहू भी साथ होती!" पास से गुज़रते हुए किसी ने कहा।

"समय नहीं था। जैसे ख़बर मिली, फौरन दौड़े आया।" कैलाश बोला।

"आम लदा पड़ा है। बच्चे खाते।" कहता वह आदमी आगे बढ़ गया, मगर कैलाश को पूरी तरह झिंझोड़ गया। उसकी आँखों के सामने काजल और केसर के मुरझाए चेहरे घूम गए। मन व्याकुल हो उठा। जाने वहाँ पानी का क्या हाल हो? मानसून का भी कहीं पता नहीं है...यहाँ गाँव में अब सब कुछ है, जो उसके गाँव छोड़ते समय नहीं था। अस्पताल, पी.सी.ओ., सरकारी कार्यालय, पेट्रोल पम्प, बड़ा बाज़ार...आख़िर यह सब हुआ कैसे? उसने अतीत की परतों को उघाड़ना शुरू किया।

चचा लौटे तो...हाँ, शायद यही इस गाँव के विकास का सबसे बड़ा कारण था कि चचा गाँव लौटे। उन्हीं के साथ दो-तीन लोग रिटायर होकर गाँव लौटे। उनके पास शहर से कमाए पैसे थे, अनुभव था। उन्होंने अपने घर-परिवार को अपने

मुताबिक़ बनाने की कोशिश में लोगों के दिलों में बदलाव के बीज बोए। उसी के साथ सरकारी योजनाओं को दौड़-भागकर अपने गाँव तक लाए। लोगों को लाभ पहुँचा। उनका जीवन स्तर बदला।

"मैंने या पिताजी ने क्या किया? गाँव से नाता तोड़ उस शहर से सम्बन्ध जोड़ा जो कभी अपना नहीं हो सकता है। भौतिक सुख की इस दौड़ में हम विकास की बातें करते रहे। उस जगह के लिए हम अपने को होम करते रहे जिनको हमारी परवाह है ही नहीं। उन पक्की दीवारों में संवेदना की थरथराहट मर चुकी है। एक बनावटी ज़िन्दगी हमने अपना ली है। उससे निकलने की राह...? अभी पूरी तरह गुम नहीं हुई है। कैलाश का टूटा हौसला जैसे आशा की पहली बूँद पड़ते ही हरा हो गया। उसने ऊपर आसमान को ताका। नीला छत्तुर फैला था। सुरमई बादल तो दूर, सफ़ेद बादलों का भी कहीं पता न था।"

"मेघ पानी दे," बच्चों की टोली मिट्टी पोते नंगे बदन सामने से गुज़र गई।

"पानी न बरसा तो फसल का क्या होगा?" एक और चिन्ता उभरी।

कैलाश अपने टूटे घर के दालान में फूस के छप्पर के नीचे बैठा सोच रहा था कि क्या ग़लती सुधारी जा सकती है? ऊपर वाला पानी जब भी बरसाए, उसके सँजोने की व्यवस्था मुझे कर लेनी चाहिए। सुबह होते ही मैं तालाब की सफ़ाई लगवाऊँगा। कैसा अंधेर है कि गाँव में कोई पोखर ही नहीं बचा। पहले लाल-सफ़ेद कमल खिलते, जलकुंभी के बीच हम तैरते और सिंघाड़े का मज़ा लेते। वे दोनों पड़े ताल रेल की पटरी के पास वाले पटवा दिए गए और स्टेशन बन गया। वह भी ज़रूरी था, मगर यह पोखर तो फिर से ज़िन्दा किया जा सकता है। कैलाश के मन में उथल-पुथल थी। आँखों में बेचैनी और होंठों पर कम्पन। वह सूरज के निकलने का बेचैनी से इन्तज़ार करने लगा। उसकी आँखें झपक गईं। कैलाश ने देखा—

पोखर पक्का बन गया था, जिसके किनारे वह रीता के साथ खड़ा था, जिसके तीन तरफ़ बाँस के ऊँचे वृक्ष हवा में झूम रहे थे। आकाश में मूसलाधार बारिश हो रही थी, जो पोखर में गिरकर बताशे फोड़ रही थी। घर के कच्चे आँगन में चुसनी आम से भरी बाल्टी के सामने काजल व केसर आम चूस रहे हैं। घर भरा है। माँ-पिताजी, चाचा-चाची, दादा-दादी और उसकी दोनों बहनें...अतीत और वर्तमान

गड्डमड्ड हो चुका था। वह एक साथ बच्चा और मर्द दोनों शक्लों में नज़र आ रहा था। गाँव का वह घर कभी शहर जैसा लगता और शहर का घर कभी गाँव जैसा। सुख की अनुभूति से कैलाश के रोम-रोम में आराम की कैफ़ियत भर दी थी। उसके हाथों में फैलाव अब दोनों छोरों को छू रहे थे।